Hans J. Gibiser

DER

SONNE

ENTGEGEN

DER SONNE ENTGEGEN

Bibliografische Information der deutschen Nationalbibliothek:

Die Deutsche Nationalbibliothek verzeichnet diese Publikation in der National-bibliografie. Detaillierte bibliografische Daten sind im Internet unter *http://dnb.d-nb.de* abrufbar.

Printed in Germany
Herstellung und Verlag: BoD – Books on Demand, Norderstedt

ISBN: 9783754328095

Inhaltsverzeichnis

DER SONNE ENTGEGEN

Der neue Priester

Es begann in einem kleinen Städtchen in Mexiko, nicht weit von der Amerikanischen Grenze entfernt. An einem schon sehr späten Abend hüpften zwei Jungs noch draußen herum. Ihre Mütter waren schon sehr in Sorge da ein Gewitter aufzog. Man konnte bereits einige Donnerschläge hören. Als die beiden Buben ihre Mütter hörten, wie sie nach ihnen riefen, machten sie sich wieder auf zurück ins Dorf. Doch dann bemerkten sie jemanden den sie noch nie gesehen hatten. Einen Mann in schwarzem Outfit der eine Holzkiste und eine Schaufel mit sich trug. Sofort versteckten sich die zwei Jungs hinter einem Felsen. Sie beobachteten den Fremden, während die ersten Regentropfen zu vom Himmel fielen. Neben einem Baum machte der schwarz gekleidete fremde Mann halt. Er stocherte mit seiner Schaufel im Boden herum, bis er endlich anfing zu schaufeln. Gespannt beobachteten ihn die zwei Kinder weiter. Nachdem er ein ziemlich großes Loch gegraben hatte, stellte er die Holzkiste in dieses und begrub sie. Die beiden fragten sich, was da wohl drinnen sein könnte. Der Regen wurde immer heftiger, deshalb liefen sie ihren Müttern entgegen.

Am nächsten Morgen schien die Sonne über das Dorf und trocknete die Straßen vom nächtlichen Gewitter. Der schwarz gekleidete Mann hatte die Nacht auf einer Bank in der kleinen Kapelle verbracht. Als er noch friedlich träumte, wurde er von einer hübschen Mexikanerin namens Maria aufgeweckt.

Maria: „Guten Morgen Pater. Ich bin Maria Gonzales. Ich kümmere mich hier immer um unseren Reverend."

Mit einem halb zugekniffenem Auge betrachtete der neue Priester von diesem Ort die junge Frau, die einen Essenskorb hielt.

John: „Guten Morgen. Ich bin John Gabriel."

Maria: „Wir haben sie gestern Nachmittag erwartet."

John: „Tut mir leid. Ich hatte Probleme den Ort hier zu finden. Deshalb wurde es etwas später."

Maria: „Und deshalb haben sie hier in der Kirche geschlafen."

John: „Ja das ist richtig."

Maria: „Das ist aber nicht gerade bequem."

John: „Ich bin Schlimmeres gewohnt."

Maria schmunzelte und zeigte den Priester seine neue Unterkunft. Diese befand sich hinter der Kirche und war ein kleiner, zirka fünfzehn Quadratmeter großer Raum. Die spärliche Einrichtung bestand aus einem Einzelbett, einem klapprigen Kleiderschrank, einem Tisch und einem kleinen Ofen. Maria stellte ihm das Frühstück auf den Tisch.

John: „Vielen Dank Miss Gonzales. Das ist sehr nett von ihnen."

Maria: „Wissen sie, wir haben hier so gut wie kein Geld. Ich kann ihnen daher nur ein bisschen Verpflegung anbieten."

John: „Miss Gonzales, ich bin hier um ihnen Gott näher zu bringen, nicht um Geld zu verdienen. Und es ist nicht selbstverständlich, dass sie mich verpflegen. Also vielen Dank nochmal, dass sie mit mir teilen."

Maria lächelte etwas. Sie war beruhigt, denn der vorherige Priester setzte es voraus, wie ein Kaiser behandelt zu werden.

Maria: „Sie sind sehr nett. Und bitte nennen sie mich Maria Pater Gabriel."

John: „Nur wenn sie mich John nennen."

Maria: „Aber sie sind doch ein Priester. Ich kann sie nicht einfach nur mit ihrem Vornamen ansprechen."

Maria sah kurz auf den Boden. So eine Ansichtsweise war ihr neu. Dann fuhr der Pater fort.

John: „Wovon lebst du, Maria?"

Maria: „Von der Ernte."

John: „Also, wir sind alle Kinder Gottes und jeder sollte dem Anderen den gleichen Respekt zollen. Ich spreche dich doch auch nicht mit Farmerin Maria an. Oder willst du das?"

Maria machte darauf einen sehr nachdenklichen Gesichtsausdruck. Der neue Priester brachte sie dazu, Dinge auf eine ganz andere Art zu sehen. Ungewöhnlich, doch auch irgendwie logisch. Außerdem war ihr der neue Pater mehr als nur sympathisch. Schon vom ersten Moment an, als sie ihn auf der Bank in der Kapelle sah und er zu ihr aufschaute, empfand sie eine eigene Art der Sympathie für ihn. John Gabriel ging es nicht anders. Schon alleine die Stimme, die ihn aufweckte, klang wie Musik in seinen Ohren. Und als er dann noch diese hübsche Mexikanerin sah, stieg in ihm ein Gefühl auf, dieses er schon lange Zeit nicht mehr fühlte.

John: „Wann ist es bei euch üblich, am Morgen die Messe zu machen?"

Maria: „Messe? Heute ist doch Donnerstag?"

John: „Werden bei euch Donnerstags keine Messen abgehalten?"

Maria: „Also eigentlich nur schon lange nicht mehr. Und zuletzt gab es nur Sonntags Messen."

John: „Sonntag in die Kirche zu gehen ist Pflicht, allerdings sollte man den Leuten auch unter der Woche die Chance geben, das Haus Gottes betreten zu können."

Maria: „Da wirst du aber nicht viel Glück haben bei uns."

John: „Gibt es dafür auch einen Grund?"

Maria: „Natürlich. Dein Vorgänger war nicht gerade beliebt bei uns. Und bis auf eine kleine Gruppe haben hier alle den Glauben an Gott verloren."

John: „Und du gehörst zu dieser Gruppe?"

Maria: „Das sollte ich eigentlich nicht. Aber ja. Ich blieb Gott treu."

John: „Was meinst du mit „sollte eigentlich nicht"?"

Maria zögerte etwas. Pater John konnte eine gewisse Nervosität an ihr bemerken. Also versuchte John darauf einzugehen.

John: „Ich bin Priester, Maria. Du kannst mir alles erzählen. Es gibt nichts, wofür du dich schämen müsstest. Gott sieht außerdem alles."

Maria wollte dem Priester aber trotzdem nicht gerne sagen, was in ihrer Vergangenheit passiert ist und John hakte nicht mehr nach.

Nachdem er das Frühstück beendete, versuchte er erst einmal herauszufinden, wie viele Dorfbewohner Gottes Ruf folgen würden. Also stieg er auf den Turm und betätigte die sich darin befindende Glocke. Als er fertig war und den Altar betrat, saßen da elf Leute. Es handelte sich dabei ausschließlich um Frauen. Davon hatten sieben Frauen ihre Kinder dabei. Unter ihnen auch Maria, die ihren Sohn mitgenommen hatte, den sie alleine großzog. Der kleine zehnjährige Jose wirkte allerdings etwas erschrocken, als er den neuen Priester hereinkommen sah. Denn er erkannte ihn sofort wieder. Er hatte ihn ja vor nicht all zu langer Zeit gesehen. Nämlich am Vorabend. Jose war einer der beiden Buben, die Pater Gabriel beim Vergraben einer Kiste beobachtet hatten. Und jetzt fragte sich der Kleine natürlich umso mehr, was sich da wohl in dieser Kiste befinden würde. Aber er sagte seiner Mutter nichts davon. Er schwieg und schaute, als er den Priester erkannte, nach links zu seinen Freund Luis. Dieser blickte im selben Moment zu Jose, weil auch er den Pfarrer wieder erkannte. Aber beide schwiegen.

Pater Gabriel war etwas enttäuscht. Er hatte mehr Besucher erwartet. Er hoffte, dass sich die Kapelle am darauffolgenden Sonntag mit mehr Menschen füllen würde. Nachdem er kurz in die Runde sah, begann er mit seiner Predigt. Am Anfang stellte er sich vor. John Gabriel, geboren in Arkansas und in Texas aufgewachsen. Seit zwei Jahren Priester. Allerdings verriet er nicht mehr von sich. Aber das musste er auch nicht. Also begann er gleich darauf mit ein paar Bibelzitaten. Er bemerkte, dass die wenigen Kirchenbesucher etwas regungslos da saßen. Er war sich nun nicht gerade sicher, ob die Dorfbewohner überhaupt seine Sprache sprechen würden. Das Dorf befand sich nicht weit von der texanischen Grenze entfernt. Laut seinen Informationen war es aber üblich, dass die Leute in dieser Region auch sehr gut Englisch sprechen konnten. Er selbst sprach nur sehr gebrochen Spanisch. Also fragte er einmal in die Runde, ob man ihn verstehen würde. Zuerst sahen sich die Damen untereinander an, bis Maria mit: „Ja natürlich, wir sprechen hier alle Englisch" antwortete. Das fand John sehr beruhigend. Er hatte zwar schon vor, die Sprache von dem Land, dass er nun zu seiner Heimat machen wollte, zu lernen. Allerdings wäre der Anfang viel mühsamer geworden. Es folgte eine Stille. John überlegte, wie es nun weitergehen sollte. Wie könnte er die Menschen hier erreichen und sie dazu bringen, sich Gott zu öffnen. Er atmete einmal durch und stellte sich dann vor dem Altar. Er ging auf eine ihm noch nicht bekannte Frau zu und fragte sie nach ihrem Namen. Sie antwortete: „Mein Name ist Ines". Er sah sie tief an und fuhr fort: „Ines, warum sind sie heute gekommen?“. Ines schaute sich fragend um. Die anderen Frauen waren auch etwas verwundert. Es war eine eigenartige Messe.

Ines: „Ich wollte zu der Messe gehen.“

John: „Das freut mich Ines. Ich bin sehr dankbar für ihre Initiative. Aber verraten Sie mir bitte noch, wieso sie zu der Messe gehen wollten.“

Ines: „Wie meinen sie das Pater?“

John: „Ich würde gerne wissen, warum sie heute in die Messe gekommen sind.“

Ines: „Das sagt mir meine Religion.“

John: „Wirklich? Und weil das in einem Buch steht kommen sie zu mir in die Messe?“

Ines: „Ich möchte doch Gott nicht verärgern.“

John: „Meine Liebe, Gott wird nie böse auf sie sein.“

Ines: „Auch wenn ich nicht in die Kirche gehe?“

John: „Auch dann nicht.“

Die elf Damen schauten wieder fragend um sich herum. Keine wusste genau, was hier passierte. Dieser neue Priester war sehr seltsam. Allerdings auch sehr charismatisch. Pater John fuhr fort.

John: „Also wenn keiner auf dich böse sein kann, kommen sie nächstes Mal auch wieder zu mir in die Messe?"

Ines: „Ja ich glaube schon."

John: „Und warum?"

Ines: „Weil ich sie nicht verärgern möchte."

John schmunzelte und antwortete darauf: „Ach, mich können sie nicht dazu bringen, dass ich böse auf sie wäre."

Nun wusste Ines nicht mehr was sie sagen sollte. Und vor allem auch nicht mehr, was sie überhaupt denken sollte. Pater John berührte sie sanft an der Schulter und sprach weiter.

John: „Es würde mich nur etwas traurig machen, wenn sie nicht mehr oder weniger freiwillig zur Messe kommen wollen, sondern nur aus einem Pflichtgefühl gegenüber der Kirche die heilige Messe besuchen."

Ines überlegte. Alle anderen dachten auch intensiv über Pater Johns Worte nach. Der Priester ging einen Schritt zurück, sodass er alle Frauen im Blickwinkel hatte, und beobachtete ihre Reaktion. Keine der Damen sagte etwas, aber alle dachten das Selbe. Sie wussten nicht, warum sie in die Kirche gingen. Sie wollten es in Wirklichkeit auch nicht aus freiem Willen. Es schrieb ihnen ihre Religion vor. Nach einer kurzen

Beobachtungspause begann John wieder mit seiner etwas eigenartigen Predigt fortzufahren.

John: „Warum seid ihr alle da? Weil es euch vorgegeben wird? Ich fordere nun von euch, dass heute, hier und jetzt nur diejenigen von euch hier sitzen bleiben sollen, die aus freiem Willen heute gekommen sind. Alle anderen bitte ich höflich aufzustehen und den Aktivitäten nachzugehen, die sie jetzt lieber machen wollen. Und ich verspreche euch: Niemand wird böse auf euch sein. Keiner kommt deswegen in die Hölle. Ich selbst werde auch über keine, die hier dann nicht mehr sitzt, verärgert sein!"

Danach drehte sich John um und ging langsam wieder in Richtung Altar. Während er einen Schritt nach dem anderen machte konzentrierte er sich auf alle Geräusche, die nun gleich durch die Kapelle schwingen würden. Es war sehr still. Doch dann hörte er die Geräusche jener, die sich von den Bänken erhoben, um die Kirche zu verlassen. Er ging weiter auf den Altar zu und als er direkt davor stand, stützte er seine Arme auf ihn. Er traute sich nicht umzudrehen, weil er Mut sammeln wollte um zu realisieren, ob von den elf Frauen noch welche sitzen würden, wenn sich überhaupt noch jemand außer ihm in der Kapelle befinden würde. Vor dieser Situation fürchtete er sich am meisten. Sein Ziel war es, zu missionieren, dem Dorf den Glauben näher zu bringen. Welche für eine schwierige Aufgabe da wohl auf ihn warten würde, wenn am ersten Tag nur elf Frauen mit ihren Kindern in der Kirche waren. Und nach seiner Predigt wahrscheinlich sogar gar Keine mehr. Als er den Entschluss fasste, sich um zudrehen, atmete er noch einmal tief durch, doch bevor er sich umdrehen konnte berührte jemand seine Schulter. Es war Maria.

Maria: „Pater John, wir sind noch alle da."

John sah sie an, dann drehte er sich um und bemerkte, dass alle Frauen nur aufgestanden sind. Ines ging dann auf ihn zu und sagte: „Vielleicht gingen wir bis jetzt aus dem falschen Grund in die Kirche. Doch vielleicht lehren sie uns, aus dem richtigen Grund hier her zu kommen. Wir sind doch noch immer alle gläubig."

John: „Genau das wollte ich hören. Man ist kein Gläubiger, nur wenn man in die Kirche geht, sondern weil man tief und fest glaubt. Und verkörpert wird der Glaube in der Art, wie man sein Leben führt und an seinen Taten."

Maria: „Aber wie meinen sie das?"

John: „Es reicht eben zum Beispiel nicht, wenn man betet: „wie auch wir vergeben unseren Schuldigern", und selbst nie jemanden vergeben, der uns weh getan hat. Und möglicherweise auch noch nachtragend ist."

Pater John Gabriel besaß die Fähigkeit, das geschriebene Testament auf logische Art und Weise zu erklären. Abgerundet wurde diese Fähigkeit mit seinem charismatischen Auftreten und seiner enormen Anziehungskraft. Er schaffte es, mit nur einem Satz alle Anwesenden zu beeindrucken. Wahrscheinlich auch wegen seinen unorthodoxen Methoden.

Nachdem das Eis gebrochen war führten sie einen offenen Dialog und lernten sich besser kennen. Pater Gabriel hatte es geschafft, dass sich die Frauen öffnen und dass sie den Glauben zu leben begannen und nicht nur zu besuchen. Jetzt musste er nur mehr den Rest des Dorfes auf die richtige Bahn leiten.

Neugier

Pater John Gabriel verbrachte den restlichen Tag damit, seine neue Kirchengemeinde kennen zu lernen. Er spazierte durch das Dorf und stellte sich auf ganz unkomplizierte Weise allen vor, die er bei seinem Spaziergang traf. Er hatte einfach eine ungewöhnliche Art über die sich die Dorfbewohner zuerst wunderten, aber ihn nach einer kurzen Aufwärmphase sehr sympathisch machte. Der Unterschied zu seinem Vorgänger war, dass er sich auf die selbe Ebene mit den Dorfbewohnern stellte. Ein wichtiger Punkt in seiner Predigt war die Gleichberechtigung. Nicht nur zwischen Mann und Frau, sondern zwischen allen Menschen. Diese Ansichtsweise weckte nicht nur das Interesse an seiner Person, sondern auch an die Kirche. Daran wieder zu glauben und sich von Gott nicht verlassen zu fühlen. Die Menschen sahen die Zukunft als neue

Welt, in der sie auch ihren wertvollen Betrag leisten würden.

Maria beobachtete ihn, wie er als ganz normaler Kerl durchs Dorf ging und sein Interesse an jeder einzelnen Person bekundete. Es war eine so offenherzige und dermaßen freundliche Art, die Maria noch nie bei einem Menschen zuvor gesehen hatte. Und je länger sie ihn beobachtete, desto mehr begann sie sich unwohl zu fühlen. Die Atemfrequenz erhöhte sich und sie verspürte einen Druck in der Brust, der für sie sehr fremd war. Sie traute sich nicht darüber Gedanken zu machen, was, oder besser gesagt, wer für ihr übles Befinden der Auslöser war. Und die Konsequenz, darüber nicht nachzudenken, verschlimmerte noch die Symptome. In dem Moment, als ihre Gefühle am meisten verrückt spielten, lief sie sofort in ihr Schlafzimmer, um einen Rosenkranz zu nehmen. Danach begann sie zu beten. Sie war eben sehr gläubig, doch Gefühle kann man nicht beeinflussen. Genauso wenig wie den Glauben selbst.

Marias Sohn Jose und sein Freund Luis hatten natürlich andere Gedanken im Kopf. Sie hatten ja am Abend zuvor den Pater gesehen, wie er eine Kiste vergraben hatte. Und das ließ die beiden einfach nicht los. Die

Neugier war einfach zu groß. Die ganze Zeit über spekulierten sie über den möglichen Inhalt. Wie Kinder eben so sind verfügten die beiden über eine große Fantasie. Es konnte ihrer Meinung nach alles mögliche in der Kiste sein, angefangen von Erbstücken Jesu bis hin zum Kopf des Teufels. Aber trotzdem beschlossen sie, die Kiste auszugraben und hineinzusehen. Luis machte diesen Vorschlag, den Jose jedoch zuerst zurückwies, denn was wäre, wenn da wirklich der Kopf des Teufels begraben war. Was könnte denn alles geschehen. Jose machte seinem Freund Luis klar, dass es sich bei diesem Vorhaben um eine sehr gefährliche Sache handeln würde. Doch Luis fand, dass Jose´s Angst lächerlich war. Mit „Angsthase, Angsthase" hänselte Luis seinen Dreund immer wieder. Das konnte sich Jose doch nicht gefallen lassen. Kinder haben immerhin auch ihren Stolz. Wahrscheinlich ist dieser sogar noch mehr ausgeprägt als bei Erwachsenen. Dieser führt aber manchmal zu einem naiven Verhalten. Deswegen stimmte Jose dann auch zu. Er war doch schon ein großer Junge und hatte natürlich vor nichts Angst. Nachdem Luis eine Schaufel aus dem Stall seines Vaters geholt hatte, machten sich die zwei kleinen

Mexikaner auf dem Weg zu der Stelle, an der sie den Priester zuvor gesehen hatten. Als sie dort angekommen waren, zitterten Luis´ Beine doch ein bisschen. Jose hingegen verspürte auf einmal nicht mehr so eine große Angst. Wahrscheinlich weil er sich zuvor Gedanken gemacht hatte, bevor er dem riskanten Vorhaben zustimmte. Und deshalb die größte Angst mit seiner Zustimmung bereits überwunden hatte. Luis hingegen machte sich zuvor nicht so viel Gedanken. Er war ja mit dem Hänseln von Jose beschäftigt. Erst als sie an der Stelle ankamen, wurden ihm mögliche Gefahren bewusst. Deshalb hielt er dann auch die Schaufel vor Jose´s Gesicht und sagte: „Hier, fang an zu graben."

Jose: „Wieso ich, es war doch deine Idee."

Luis: „Ich hab doch schon die Schaufel beschafft, also du gräbst jetzt."

Jose: „Wechseln wir uns einfach ab."

Luis: „Nein, jetzt grab schon."

Jose: „Na gut, aber dann öffnest du die Kiste."

Luis: „Wieso ich?"

Jose: „Da hat jemand Angst."

Luis: „Du hast dich davor drücken wollen, nicht ich."

Jose: „Haha, Angsthase."

Luis: „Gut, wir wechseln uns ab und öffnen auch gemeinsam die Kiste."

Jose: „Einverstanden."

Und so begannen die beiden zu graben, bis sie auf einen Widerstand stießen. Es war die Kiste. Jose war gerade mit dem Graben an der Reihe. Er schreckte etwas zurück.

Luis: „Was ist? Mach schon weiter."

Jose: „Ich glaube, du bist jetzt wieder dran."

Luis Neugier veranlasste ihn, die Schaufel zu packen, um die Kiste frei zu graben. Bevor sie die Kiste anpackten, sahen sie sich kurz an und atmeten durch. Nun gab es kein Zurück mehr. Die beiden ergriffen die Kiste und zogen sie heraus. Es war keine normale Kiste, sondern sie bestand aus zusammen-genagelten kurzen Brettern. Es gab auch keine Öffnung, jede Seite war zugenagelt. Da hatten sie sich so viele Gedanken gemacht, ihre Angst überwunden und in der prallen Sonne gegraben. Und nun konnten sie nicht in die Kiste schauen. Jose, der anfangs Ängstliche, war es, der die Initiative ergriff. Er nahm die Schaufel, zwang sie in einem Schlitz und versuchte, durch Auf- und Abwärtsbewegungen ein Brett von den Nägeln zu befreien. Luis hielt inzwischen die Kiste fest. Der Ehrgeiz war es, der die Angst der beiden bezwang. Und sie wurden dafür auch belohnt. Das Brett lockerte sich und sie konnten es herunter ziehen. Als sie den Inhalt erblickten, waren sie ganz verwundert. Damit hatten sie nicht gerechnet. Nach den vielen Möglichkeiten, die sie zuvor besprochen hatten, war da nun ein Inhalt, der alles widerlegte, was sie zuvor vermutet hatten. Was sollten sie nun tun, fragten sie sich. Luis wollte hineingreifen, doch Jose packte seine Hand und schüttelte danach den Kopf. Sie stellten die Kiste wieder in den kleinen Graben, legten das zuvor herunter gerissene Brett darauf und sie begannen, die Kiste wieder zu begraben. Als sie wieder zurück ins Dorf gingen, beschlossen die beiden, nie wieder ein Wort darüber zu verlieren.

Der Tag neigte sich dem Ende zu. Maria bereitete gerade das Essen für sie, ihren Jungen und den Pater zu. Sie wollte es in Pater Gabriels Unterkunft bringen. Doch dann klopfte es. Als sie die Tür öffnete erschrak sie, doch dann atmete sie erleichtert durch.

John: „Entschuldige Maria, ich wollte dich nicht erschrecken. Ist mein Anblick wirklich so schlimm?"

Maria: „Nein, ich hatte mit dir nur nicht gerechnet. Du hättest aber nicht lange warten müssen, ich war gerade dabei dir dein Essen zu bringen."

John: „Ach wirklich? Das musst du doch nicht. Ich kann es natürlich selbst holen."

Maria: „Das wäre aber sehr ungewöhnlich."

John: „Wieso? Ich bin doch bereits in der glücklichen Lage, dass du mir mein Essen zubereitest. Dann wäre es doch nicht zu viel verlangt, wenn ich dir einen Weg ersparen würde."

Maria: „Das ist sehr nett von dir. Aber du kannst natürlich auch hier bleiben und mit mir und Jose zu Abend essen."

Aber schon während sie das sagte, bereute sie es. Aber nicht, weil sie Pater Gabriel nicht gern in ihrer Nähe hatte, sondern weil sie ihn sehr gern in ihrer Nähe hatte. Doch nun konnte sie nicht mehr zurück.

John: „Das ist sehr lieb von dir. Ich nehme dein Einladung sehr gerne an. Ich esse viel lieber in Gesellschaft."

Maria: „Verstehe ich, wer denn nicht?"

Pater Gabriel lächelte und betrat das Haus. Nachdem John Platz genommen hatte be- merkte er, dass Maria eine leichte Nervosität an den Tag legte. Er wollte auf höfliche Weise eruieren, ob etwas Schlimmes vorge- fallen wäre.

John: „Bedrückt dich etwas Maria?"

Sie zuckte kurz und ohne dass sie ihn ansah antwortete sie: „Warum fragst du?"

John: „Ich habe das Gefühl, dass etwas nicht in Ordnung ist."

Maria: „Nein, es ist alles in Ordnung."

John: „Wirklich? Du weißt, dass du mir alles erzählen kannst."

Maria sah ihn an, doch bevor sie darauf antworten konnte, platzte Jose ins Haus und schrie: „Mama, ich bin da." Dann sah er den Pater am Esstisch sitzen und erschrak.

John: „Ich habe so langsam das Gefühl, alle würden sich vor mir fürchten."

Maria: „Jetzt schau nicht so Jose, du hast unsern neuen Pater doch schon kennen gelernt. Wasch dir die Hände und setz dich hin."

Und so aßen die drei gemeinsam zu Abend. Pater Gabriel konnte natürlich nicht wissen, dass der Junge nun den Inhalt seiner Kiste kannte. Der kleine Jose würde es auch nie verraten. Er hatte Angst davor, was passieren könnte, wenn der Priester das herausbekam.

Maria: „John, du bist natürlich jeden Tag eingeladen, wenn du nicht alleine essen möchtest."

Und schon wieder bereute Maria ihre Worte. Doch trotz ihrer Gefühle wollte sie nicht, dass Pater Gabriel denken könnte, er wäre hier nicht erwünscht. Außerdem musste sie sowieso sein Essen vorbereiten.

John: „Das ist sehr lieb von dir. Danke vielmals. Ich nehme das natürlich liebend gerne an. Aber lass dir auch helfen. Ich würde mich dabei besser fühlen, wenn ich dir als Dank etwas zur Hand gehen dürfte."

Maria: „Aber du bist doch ein Priester und kein Farmer."

John: „Können Priester denn keine Felder bestellen?"

Maria: „So war das natürlich nicht gemeint. Es ist nur ungewöhnlich."

John: „Das weiß ich doch. Aber ich predige doch nicht den ganzen Tag. Und zur Beichte lade ich immer gleich nach der Messe ein. Außerdem kann mich jeder bei Bedarf immer sprechen. Das heißt, dass ich auch genügend Zeit habe um dir zu helfen. Und täusche dich nicht in mir, ich bin sehr geübt als Farmer."

Maria: „Das nehme ich dann natürlich auch gerne an."

Und schon wieder bereute sie ihre Entscheidung. Doch alles andere wäre doch unhöflich gewesen. Ein Pater, der ihr bei der Arbeit helfen wollte. Nie hätte sie sich so etwas gedacht. Die ungewöhnliche Situation brachte sie dazu, Vermutungen aufzustellen.

Sie fragte sich, ob John möglicherweise unlautere Absichten hatte. Doch das traute sie ihm nicht zu. Er machte so einen ehrlichen Eindruck. Sie glaubte an ihn. Aber von nun an stand ihr eine schwere Zeit bevor, denn solche Gefühle, wie Maria sie nun verspürte, für einen Pater zu haben, war bestimmt eine Sünde. Und beichten konnte sie auch nicht gehen, denn der einzige, der ihr eine Beichte abnehmen konnte war der, den das Ganze auch betraf. Die darauffolgende Nacht konnte sie nicht einschlafen. Immer wieder musste sie an ihn denken. Und jedes Mal versuchte sie die Gefühle zu verdrängen. Doch es ging nicht. Sie tröstete sich mit dem Gedanken, dass sich ihr Empfinden mit der Zeit verändern werde. Doch musste sie einen anderen Priester aufsuchen, um zu beichten. Denn Maria war sehr gläubig.

Ein böses Erwachen

Am nächsten Morgen lud Pater John Gabriel
wieder zu seiner Messe in die Kirche ein.
Nachdem er die Glocke betätigte und zum
Altar trat konnte er es kaum fassen. Die
Kapelle war zur Hälfte gefüllt. Am Tag
zuvor ging er durch das Dorf und stellte sich
bei so vielen Bewohnern wie nur möglich
vor. Alle konnte er an diesem Tag nicht
erreichen. Und alle waren auch nicht in der
Kapelle. Doch viele von denen, mit denen er
geredet hatte kamen und gaben ihm eine
Chance. Ein Lachen umspielte sein Gesicht
bevor er mit der Predigt begann. Und als er
anfing zu sprechen hörten ihm alle
konzentriert zu. Je mehr er das Interesse
seiner Besucher bemerkte, desto intensiver
und emotionaler wurde sein Auftreten. Er
animierte zum Lachen, zum Singen und zur
gemeinsamen Besinnlichkeit. Er spürte dass
er in dieser kleinen Gemeinde etwas bewirken
könnte. Als der Gottesdienst zu Ende war,
schüttelten ihm die Besucher zum Abschied

die Hand. Alles lief besser als er es sich zuvor erwartet hatte. Was könnte jetzt noch schief gehen? Maria gab ihm als Letzte die Hand und er begleitete sie zum Ausgang. Auf einmal erklangen Schüsse im Dorf. John rannte sofort vor die Kapelle und traute seinen Augen nicht. Eine Gruppe von Männern mit Sombreros ritten durchs Dorf und schossen wild in die Luft. John wollte eingreifen um Schlimmes zu verhindern. Also lief er mit erhobenen Händen auf die Straße und rief: „Bitte steckt eure Waffen wieder weg, wir sind eine friedliche Gemeinde!" Einer der Kerle blieb direkt vor ihm stehen und betrachtete ihn. Die anderen Männer hörten auf zu schießen und positionierten sich hinter ihrem Anführer, der Pater Gabriel von seinem hohen Ross herab ansah.

John: „Was ihr auch immer hier wollt, wir werden versuchen, das friedlich zu lösen. Wir hassen Gewalt und teilen auch gerne."

Ramon: „Ich teile aber nicht gerne mein Freund. Wer bist du?"

John: „Mein Name ist John Gabriel. Ich bin der neue Priester hier. Und mit wem habe ich die Ehre?"

Ramon und seine Männer begannen laut zu lachen.

Ramon: „Ein Priester. Ich bin Ramon Ortega. Du musst wissen, dass wir fromme Leute sind."

John: „Das freut mich zu hören. Dann lade ich sie und ihre Freunde gerne zu mir in die Messe ein."

Ramon lachte wieder und antwortete: „Wissen sie, wir gehören zu den Leuten die zwar glauben, aber nicht in die Kirche gehen, um das zu tun."

John: „Jeder findet seinen eigenen Weg zu Gott."

Ramon machte einen sehr skeptischen Gesichtsausdruck. Wie meinte das der Pater wohl? fragte er sich. John`s ungewöhnliche Art brachte nun die Banditen zum Nachdenken.

Ramon: „Wie meinst du das Padre?"

John: „Man ist doch nicht gläubig nur weil man in die Kirche geht. Die Taten und das Herz sind es, was einen frommen Christen ausmacht."

Ramon musste abermals über Johns Worte nachdenken. So etwas hatte er noch nie zuvor gehört. Aber er selbst wusste natürlich am Besten, dass ihm seine Taten nicht gerade denen eines frommen Christen entsprachen.

Ramon: „Ach weißt du, dann sind wir wahrschcinlich doch nicht so religiös."

Ein Gelächter machte sich wieder unter den Banditen breit. Doch Pater Gabriel gab nicht so schnell auf.

John: „Das ist niemand."

Ramon: „Wie meinst du das?"

John: „Man kann nur glauben und sein Leben danach ausrichten. Aber es heißt Glaube und nicht Tatsache."

Ramon grölte: „Ein Padre der nicht an Gott glaubt."

John: „Das stimmt nicht. Ich glaube fest an Gott. Aber ich kann auch nur glauben."

Ramon: „Gott hat sich mir noch nie gezeigt."

John: „Natürlich nicht."

Ramon: „Also so langsam kommst du mir scheinheilig vor."

John: „Wenn er sich zeigen würde, wäre es ein Beleg für seine Existenz und dann wäre es nicht mehr Glaube sondern Wissen. Ich denke wenn ihr wüsstet, dass es Himmel und Hölle gäbe, und nicht nur vermutet, sondern wirklich wüsstet, dann würdet ihr mit Sicherheit jeden Tag in der Kirche gehen und nie behaupten, ein Atheist zu sein."

Ramon: „Ja und was wäre schlimm daran? Gott würde doch wollen, dass ihm alle preisen und es kein Verbrechen mehr auf der Welt gibt."

John: „Da gebe ich euch recht. Aber er will auch, dass dies aus freiem Willen geschieht und nicht aus Angst vor der Hölle. Gott gibt jeden Menschen die Chance, an ihn zu glauben. Wie könnte ansonsten dein Leben objektiv beurteilt werden, wenn du nicht aus freiem Willen Gutes tust, sondern weil du weißt, was dich nach dem Tode erwartet?"

Ramon überlegte. Der Priester stellte seine Gedanken ganz auf den Kopf. Doch es lag einfach nicht in seiner Natur, frommes zu tun. Geschweige denn, sein ganzes Leben Gott zu widmen.

Ramon: „Aber sicher kann mir das keiner sagen. Was wäre. wenn es nichts gibt und wir dann umsonst unser Leben der Religion widmen würden? Da lebe ich lieber und schaue nur auf mich."

Ramons Männer grölten zustimmend. Doch John ließ sich von Ramons Ansichten nicht beeindrucken.

John: „Und dies ist dein freier Wille."

Ramon verging so langsam das Lachen und auch die gute Laune. Der Priester störte ihn. Normalerweise wurde jeder beseitigt, der Ramon nicht zu Gesicht stand. Doch einen Diener Gottes zu töten war trotz all seiner

Ansichten etwas, was sogar für ihn tabu war. Er konnte eben nicht hundertprozentig wissen ob es Gott gibt.

Ramon: „Du bist sehr mutig. Meine Männer haben Hunger. Und deshalb „teilen" wir jetzt mit euch."

Die Männer stiegen von ihren Pferden und nahmen sich einfach was sie wollten. Sie machten das Dorf zu einem einzigen Festsaal. Pater Gabriel konnte nichts dagegen tun. Je länger er dem Treiben zusah, umso mehr verstand er, warum so wenige Leute in der Kirche waren. Er wusste nun, warum sie den Glauben an das Gute verloren hatten. Wie oft und wie intensiv mussten sie in der Vergangenheit wohl gebetet haben. Wie sehr mussten sie um Hilfe gefleht haben. Doch sie wurden nicht erhört. John stand nun vor einer neuen Herausforderung. Und sie war viel schwieriger als die, die er anfangs glaubte eingehen zu müssen. Wie sollte er solche Banditen bekehren? Es war ein Ding der Unmöglichkeit. Er spürte, dass sich in ihm ein bisschen Wut regte, doch diese Gefühle konnte er zügeln. Sein Glaube war sehr stark und deshalb konnte er sich immer gut beherrschen. Er war ein totaler Gegner von Gewalt. Doch wie sollte er nun dieses Problem lösen? Wie könne er den armen

Dorfbewohnern helfen? Als die Banditen endlich genug hatten bestiegen sie ihre Pferde und ritten zurück in ihr Versteck. John packte mit an und half den Bewohnern dabei, das Dorf wieder in Ordnung zu bringen. Keiner der Bewohner sagte auch nur ein Wort. Fast alle von ihnen nahmen eine gesenkte Haltung ein und hatten ihren Blick zu Boden gerichtet. Sie hatten die Situation, die sich anscheinend immer wiederholen würde, bereits akzeptiert. Pater Gabriel verspürte einen Schmerz, den er schon seit sehr langer Zeit nicht mehr verspürte. Er empfand für die Bewohner ein tiefes Mitgefühl. Diese Ungerechtigkeit wütete in ihm, doch auf keinem Fall dürfte er dem Zorn freien Lauf geben. Gewalt ist niemals der richtige Weg. Und Rache ist nur für Schwache. Es dauerte fast den ganzen Tag, die Stadt zu säubern. Als sie endlich fertig waren, ging John in seine Kapelle um zu beten. Er versuchte über das Gebet eine Lösung zu finden. Maria folgte ihm in die Kirche. Als John sie bemerkte beendete er sein Gebet. Er stand auf und sah sie mit einem traurigen Blick an.

Maria: „Jetzt weißt du, warum die Kapelle nicht so gut besucht wird. Die meisten haben ihren Glauben an Gott verloren. Wir werden von den Banditen gepeinigt und sind ihnen ausgeliefert, denn wir sind hier verwurzelt und können daher nicht von hier weg gehen."

John: „Weglaufen wäre auch keine Lösung. Es muss einen friedlichen Weg geben, der für alle passt."

Maria: „Wenn es diesen gäbe wären wir ihn schon gegangen."

John fehlte die richtige Antwort. Er wusste keine Lösung, zumindest keine friedliche. Er selbst sah auch keinen Ausweg. Doch er wollte nicht aufgeben.

Die Versammlung

Pater Gabriel konnte in der darauffolgenden Nacht kaum schlafen. Während er sich von einer Seite zur anderen wälzte überlegte er intensiv, wie er die Bewohner des Dorfes von dieser bedrohlichen Situation befreien konnte. Doch er kam einfach zu keiner Lösung. Ausser mit Gewalt. Doch diese Option war ein absolutes Tabu für John. Er hasste nichts mehr als die Gewalt. Bevor die ersten Sonnenstrahlen das Dorf aufhellten konnte John doch noch ein bisschen schlafen. Die zunehmende Helligkeit weckte ihn jedoch bald wieder auf. Doch er fühlte sich eigentlich viel zu müde, um aufzustehen. Da er jedoch sehr diszipliniert war konnte ihn nichts im Bett halten. An diesem Tag aber sollte keine Messe erfolgen. Er hielt es für eine bessere Idee, mit den Dorfbewohnern über den gestrigen Vorfall sprechen. Doch ob die Leute das als sinnvoll empfinden würden, war fraglich. Sie lebten schon eine lange Zeit mit dieser Bande, dadurch ist es für die Bewohner schon zur Gewohnheit geworden. John war das alles egal. Sein Naturell zwang ihn dazu, dieses Problem zu lösen. Als er die Kapelle betrat erwarteten ihn wieder die gleichen Leute wie einen Tag zu vor. John begann keine Predigt. Er forderte die Kirchenbesucher dazu auf, mit ihm nach draußen zu gehen und sämtliche Dorfbewohner zu einer wichtigen Versammlung in die Kapelle zu rufen. Und das taten sie dann auch.

Einige Zeit später war die Kapelle bis auf den letzten Platz gefüllt. Einige Leute mussten sogar stehen. Pater Gabriel stellte sich nicht wie üblich hinter den Altar, sondern stand nun davor. Er wollte den Menschen nahe sein. Deshalb ging er während des Sprechens zwischen den Bänken auf und ab.

John: „Kann mich hier jeder verstehen?"

Viele nickten, doch John konnte natürlich nicht alle gleichzeitig ansehen, deshalb fragte er nochmal anders nach.

John: „Wer mich nicht verstehen kann, der gebe bitte ein Handzeichen."

Es verstand ihn jeder, denn in dieser Region, so nah an der Amerikanischen Grenze war es üblich, dass man auch Englisch sprach. Also fuhr der Pater fort.

John: „Liebe Dorfbewohner, ich möchte mit euch über das sprechen, was gestern vorgefallen ist."

Fernando, fragte ganz verwundert: „Was ist den passiert Padre?"

John: „Fragen sie mich das im Ernst?"

Maria: „Der Padre spricht von Ramos und seiner Bande."

Die Menschen waren verwundert und fragten sich, was es da wohl zu besprechen geben würde? Einer der Dorfbewohner ergriff die Stimme und sagte: „Mein Name ist Fernando. Ich frage sie, was es da zu besprechen geben soll? Sie haben doch gesehen, was für Leute das sind. Die haben keine Angst vor dem Gesetz. Und schon gar nicht vor einen Padre. Die machen einfach was sie wollen."

John: „Aber so kann man doch nicht Leben."

Fernando: „Wir sind auch gut damit klar gekommen bevor sie hier waren. Was haben sie vor? Einen Krieg mit Ramon anzufangen? Das ist Selbstmord."

John: „Ich würde niemals einen Krieg anfangen."

Miguel, ein anderer Mann erhob auch die Stimme: „Wir sind eben schwach. Der Stärkere gibt den Ton an. Entweder lassen wir uns das gefallen oder sie töten uns alle. Auch unsere Kinder."

Danach sah Miguel zu seinem Jungen Alejandro, den er über alles liebte. John bemerkte das und er konnte mit dem besorgten Vater mitfühlen.

John: „Aber es gibt doch in Mexiko ein Gesetz gegen Plünderei. Vielleicht sollten wir mit der Armee Kontakt aufnehmen."

Fernando: „Seien sie doch nicht so blauäugig. Ramon genießt alle Freiheiten. Die Armee macht keinen Finger krumm."

Miguel: „Die führen nur Krieg gegen Rebellen, die noch zu Kaiser Maximilian stehen und nicht gegen Banditen, die ihnen bei der Jagt auf Rebellen behilflich sind."

Wie mehr John von den Gegebenheiten Bescheid wusste, umso aussichtsloser wurde die Situation. Er ging noch immer zwischen den Bänken mit zu Boden gerichteten Kopf auf und ab und dachte nach. Doch er fand keinen Ausweg. Carlos, einer der Dorfbewohner, der bekannt für sein Temperament war, erhob die Stimme: „Dann lasst uns kämpfen. Wir sind doch mindestens genau so viele Männer wie Ramon und seine Bande. Ich habe genug davon, immer wieder zusehen zu müssen, was diese Banditen mit unserem schönen Dorf anstellen. Wie sie alles plündern und uns kaum Nahrung lassen."

Fernando: „Bist du verrückt Carlos? Die haben Waffen!"

Miguel: „Ja, was sollen wir denn gegen die ausrichten?"

Carlos: „Genau weil wir so denken machen die mit uns, was sie wollen. Die wissen doch, dass wir harmlos sind. Und Waffen haben wir auch."

Fernando: „Ja, alte Musketen."

Carlos: „Besser als nichts."

Miguel: „Ich will nicht, dass mein Kind einen Krieg erlebt."

John: „Ja. Miguel hat recht. Auch ich bin kein Freund der Gewalt. Es muss eine friedliche Lösung geben."

Carlos: „Friede ist ein Wort, dass diese Kerle nicht kennen."

Pater Gabriel wusste, dass Carlos recht hatte. Diese Art von Menschen leben nur für das Kämpfen.

Miguel: „Ich bin bei keiner Aktion dabei, die meine Familie gefährden könnte."

John: „Das könnte ich auch nie verantworten. Und das soll auch nicht geschehen. Wir müssen einen gewaltfreien Weg finden."

Carlos: „Den gibt es nicht."

John: „Doch, nur kennen wir ihn jetzt noch nicht. Es gibt immer einen friedlichen Weg. Gewalt ist nie eine Lösung."

Carlos: „Vielleicht hätten wir einen Soldaten gebraucht und keinen neuen Priester."

Diese Worte stimmten John etwas nachdenklich. Er atmete durch und drehte sich um. Dann ging langsam mit verschränkten Händen in Richtung Altar. Maria flüsterte leise zu Carlos: „War das notwendig? Er will uns doch nur helfen." Als John am Altar angekommen war drehte er sich um und versuchte in den Augen der Menschen ihre Gedanken abzulesen.

Er sagte: „Vielleicht sollten wir abstimmen."

Miguel: „Für was denn? Wir lassen einfach alles so wie es ist."

John: „Entweder wir beugen uns, indem wir alles so lassen wie es ist, oder wir versuchen auf friedliche Art und Weise eine Lösung zu finden. Oder wir kämpfen."

Miguel: „Was? Sie sind doch ein Padre, wie können sie überhaupt einen solchen Vorschlag nur in Erwägung ziehen?"

John: „Ich glaube ich habe heute bereits des öfteren meinen Wunsch geäußert, eine Lösung ohne Waffen zu finden. Doch es steht auch in der Bibel, dass es eine Zeit des Kampfes geben muss, um die schwarzen Schafe zu vertreiben."

Miguel: „Ohne mich. Das bringt uns und unsere Kinder in Gefahr."

John: „Wofür wir uns auch entscheiden, wir können es nur gemeinsam schaffen. Und gemeinsam bedeutet, dass jeder seinen Teil dazu beitragen muss. Jeder, ohne Ausnahmen."

Carlos: „Ja Miguel, du Angsthase. Wenn wir uns fürs Kämpfen entscheiden musst auch du dein Gewehr benutzen."

John: „Miguel ist kein Angsthase. Sich den Weg der Gewalt zu entscheiden ist immer das Einfachste. Konflikte ohne

Gewalt zu lösen bedarf jedoch sehr viel Geduld und Ausdauer. Und vor allem Intelligenz. Miguel will nur seine Familie schützen. Bedenkt auch folgendes: Ramon weiß, wenn er uns alle tötet, gib es keinen in diesem Dorf mehr, der ihn und seine Männer verpflegen würde. Also wollen wir darüber Abstimmen?"

Ein Raunen ging durch die Kirche und die Menschen diskutierten miteinander. Pater Gabriel beobachtete die Menschen sehr genau. Noch bevor er eine Rückantwort erhielt wusste er, wie sie sich entscheiden würden. Ein Mann, den John noch nicht kannte, sagte: „Wir werden abstimmen, dass ist wohl eine faire Lösung."

John: „Dann soll es so sein."

In Miguel stieg die Nervosität auf. Er wollte den Kampf um jeden Preis verhindern. Er wusste dass er, im Falle des Entschlusses zu den Waffen zu greifen, mitkämpfen müsse und somit seine Familie, die allerdings nur aus ihm und seinen Sohn bestand, in Gefahr bringen würde.

John leitete die Abstimmung. Als er nach der ersten Option fragte, ob man sich beuge und nichts ändern wolle, zeigten sehr viele auf. Aber nicht genug, um eine vorzeitige Entscheidung herbeiführen zu können. John wollte bewusst die von Carlos bevorzugte Variante, nämlich zu kämpfen, als zweite Frage vorbringen. Carlos hob als erster klar und deutlich die Hand. Nun war die Entscheidung klar. Denn John musste nicht einmal die Stimmen zählen. Die Mehrheit hatte sich entschlossen. Und das, indem sie keine Handzeichen gaben. Für den Kampf zeigten nämlich nur vier Leute auf. Pater Gabriel freute sich natürlich, dass sie an ihn glaubten. Doch gleichzeitig fragte er sich auch, ob der Glaube an ihn nur aufgrund seines Priesteramtes sei, und die Menschen sich nicht mit Gott anlegen wollten. Carlos verließ erzürnt, ohne sich zu bekreuzigen, die Kapelle, während Miguel tief durchatmete. Natürlich wäre es zwar nicht das, was er wollte, aber mit dieser Entscheidung konnte er auch leben. Für ihn war es das Wichtigste, seine Familie zu schützen. Pater Gabriel ging auf ihn zu und berührte ihn an der Schulte. Sie sahen sich kurz in die Augen und John konnte die Erleichterung in Miguels Gesicht erkennen. Als alle die Kirche verlassen hatten, war da nur mehr Maria, die noch wartete.

Maria: „Du hast das gut gemacht. Ich glaube auch, dass es so das Beste ist."

John: „Danke, Maria."

Maria: „Es wird zwar nicht leicht, doch ich kann dir versichern, dass Dorf glaubt an dich. Und auch wenn diese Banditen sehr brutal sind, sind sie auch noch immer Christen. Sie würden sich nie trauen, einem Priester etwas anzutun."

John: „Doch warum hat mein Vorgänger nichts unternommen?"

Maria: „Dein Vorgänger ist ein Grund, warum so wenige Leute die Kirche besuchen. Er machte uns sehr deutlich, dass er etwas Besseres sei und wir ihn preisen müssen."

John: „Verstehe. Auch unter den Guten gibt es Wölfe."

Maria: „Du bist aber ganz anders. Deshalb werden dir die Leute auch vertrauen. Doch es wird sehr schwer, mit Ramon über den Frieden zu reden."

John: „Wie brutal ist er, hat er schon mal wen getötet?"

Maria: „Natürlich. Sehr viele sogar. Doch nie jemandem aus unserem Dorf."

John: „Und die Frauen?"

Maria: „Nein da ist nie etwas passiert. Soweit ich es gehört habe, leben in ihrem Versteck genug Frauen für die Lust. Sie nehmen uns nur das Essen."

Nachdem John dies alles von Maria gehört hatte, sah er ein kleines Licht am Horizont.

Es könnte doch nicht aussichtslos sein die Bande zu bekehren. Er schätzte Ramon schon als brutalen Anführer einer Verbrecherbande ein, doch auch als einen Mann, der seine Grenzen hat und für den gewisse Dinge dann doch Tabu sind. John beschloss, das Versteck der Bande aufzusuchen, um ein erneutes Gespräch mit Ramon zu führen.

Das Schaf unter den Wölfen

Pater John Gabriel versuchte am nächsten Tag das Versteck der Bande ausfindig zu machen. Doch niemand wusste wo es sich befand. Carlos erzählte John, dass sich die Bande oft im nächsten Dorf aufhielt. Dort gab es einen Saloon der als Absteige für Räuber und Banditen galt. John beschloss das Dorf aufzusuchen um mit den Anführer Ramon zu sprechen. Er ritt noch nicht lange, da bemerkte er, dass ihm jemand folgte.

John wollte nicht auffallen, deshalb ritt er in eine kleine Schlucht, sodass er sich nicht mehr im Sichtfeld seines Verfolgers befinden konnte. Wie erwartet folgte ihn dieser in die kleine Schlucht. Aber er konnte den Pater nicht mehr sehen. Er erschrak, als auf einmal jemand zu ihm sagte: „Warum verfolgst du mich?" Es war John der ihm eine Falle gestellt hatte, indem er sich hinter einen Felsen versteckte. Der Verfolger drehte sich um und John erkannte ihn. Es war Carlos.

Carlos: „Ich will sie dort nicht alleine hingehen lassen."

John: „Reite wieder nach Hause Carlos. Du bist kein Priester. Das könnte für dich dort ein Nachteil sein."

Carlos: „Sie wissen nicht wie es dort zugeht. Es ist besser ich komme mit. Glauben sie mir."

John: „Carlos ich mag dich sehr, doch glaube ich auch dein Temperament zu kennen. Unter Wölfen sollte man sich möglichst unauffällig verhalten."

Carlos: „Und wer glauben sie würde an so einem Ort auffälliger sein? Ich oder ein Priester, der womöglich einzige Mann mit Moral in diesem Land?"

John überlegte. Natürlich hatte Carlos mit dieser Aussage recht. Doch er wollte ihn nicht in Gefahr bringen. Carlos war schnell reizbar und wenn es sich wirklich um so einen schlimmen Ort handelte, dann könnte es sein, dass Carlos den morgigen Tag nicht mehr erleben werden würde.

John: „Es tut mir leid Carlos. Ich gehe alleine. Ich bitte dich zurück zu reiten. Ich werde am Abend wieder im Dorf sein. Vertraue mir."

Carlos musste sich beugen. So ritt der Pater alleine weiter. Nach einer Weile kam er im Dorf an. Es handelte sich eher um ein kleines Städtchen statt um ein Dorf. Denn es gab dort neben dem Saloon auch noch eine Bank und eine Eisenbahnstation. Sogar das Militär hatte dort ein kleines Quartier. John betrat den Saloon. Es handelte sich dabei um ein sehr heruntergekommenes Lokal. Ein paar Männer spielten Poker und es gab welche, die ihren Rausch ausschliefen. Und das um zehn Uhr vormittags. Als John sich bei dem Barmann nach Ramon erkundigen wollte, wurde er von einem betrunkenen Kerl am Ärmel gepackt. Er fragte: „Sag mal, bist du nicht er Pater von unserem Dorf?" Es handelte sich dabei um einen Banditen, der am Tag zuvor mit Ramon das Dorf verwüstete.

John: „Ihr Dorf? Das kenne ich nicht."

Bandit: „Verarsch mich nicht du Pfaffe. Ich hab dich doch gesehen."

John: „Dann ward ihr gestern mit Ramon bei uns?"

Bandit: „Ja das war ich."

John: „Dann muss ich euch korrigieren. Es handelt sich dabei nicht um ihr Dorf, sondern um das Dorf der dortigen Bewohner."

Bandit: „Halts Maul. Das ist unser Dorf."

John: „Nun gut. Wie ihr meint. Aber dann könnt ihr mir sicher auch sagen wo sich Ramon befindet."

Bandit: „Warum sollte ich dir das verraten?"

John: „Ich würde gerne mit ihm sprechen."

Bandit: „So wie ich das sehe, will er mit dir aber nicht sprechen."

Während John sich mit dem Banditen unterhielt wurde er von einem Mann beobachtet, der sich etwas abseits vom Geschehen aufhielt. Dieser Fremde bemerkte dass der Bandit immer grober wurde. Er fragte sich, warum man einen Priester so behandelt? Pater Gabriel und der Bandit unterhielten sich weiter.

John: „Was halten sie davon wenn wir Ramon selbst entscheiden lassen?"

Darauf wurde der Bandit nur noch wütender und schlug den Priester zu Boden. Auf einmal sprang der Fremde, der die beiden schon die ganze Zeit beobachtet hatte, auf und rannte zu den Banditen. Mit einem Hieb schlug er diesen ebenfalls zu Boden. Zwei weitere Banditen kamen ihren Kameraden zu Hilfe und liefen auf den Fremden zu. Doch der Fremde war sehr geschickt und schlug die beiden Kerle ebenfalls zu Boden. Danach half er dem Priester wieder auf die Beine.

John: „Ich bin ein Gegner der Gewalt. Trotzdem sage ich danke für ihre Hilfe."

Fremde: „Ich bin grundsätzlich auch nicht für Gewalt aber manchmal geht es nicht anders. Außerdem können die drei nun ihren Rausch ausschlafen."

Diese Worte lösten in Pater Gabriel ein Déjàvu aus.

John: „Ich bin John Gabriel, wie darf ich euch ansprechen?"

Fremde: „Man nennt mich hier Oztoatl."

John: „ Ein etwas ungewöhnlicher Name für diese Gegend."

Oztoatl: „Das stimmt. Ich bin nämlich auch nicht von hier. Ich komme aus Österreich."

John: „Aus Europa? Was macht ihr denn hier in Mexiko.?"

Der Fremde machte auf diese Frage einen sehr nachdenklichen Eindruck und John bemerkte, dass es ihm unangenehm war, darüber zu sprechen. John wollte aus Höflichkeit schon das Thema wechseln als der Fremde doch noch antwortete.

Oztoatl: „Wisst ihr, wenn ich es selbst entscheiden könnte, wäre ich auch nicht hier."

John: „Verzeiht mir, das geht mich nichts an."

Oztoatl: „Ihr müsst euch für nichts entschuldigen Pater. Aber es handelt sich um eine sehr lange Geschichte."

John: „Verstehe. Vielleicht sehen wir uns wieder und ihr habt Zeit und Lust, sie mir zu erzählen."

Fremde: „Vielleicht. Aber nun muss ich los. Und es ist vielleicht auch besser wenn ihr auch nicht mehr hier seid, wenn die drei aufwachen."

Sie verabschiedeten sich und so verschwand der geheimnisvolle Fremde wieder gleich schnell wie er erschienen ist. John beschloss, hier auf Ramon zu warten und setzte sich an die Bar. Der Barmann sagte, dass es vielleicht wirklich besser sei zu verschwinden, doch John lehnte diesen Vorschlag dankend ab. Er erklärte, dass er unbedingt mit Ramon sprechen müsse. Der Barmann schüttelte darauf nur seinen Kopf

und antwortete mit: „Manche Leute kann man einfach nicht zur Vernunft bringen."
Doch John musste nicht lange warten denn Ramon kam bereits um die Ecke. Im Arm hielt er eine Hure vom Saloon.

Ramon: „Ach sieh mal her, der neue Priester. Ich glaube ich habe hier noch nie einen Geistlichen gesehen."

John: „Senior Ramon, es freut mich, euch zu sehen."

Ramon: „Lüg nicht."

John: „Ich lüge nie."

Die drei zuvor niedergeschlagenen Banditen kamen inzwischen wieder langsam zu Bewusstsein. Einer von ihnen erzählte Ramon sofort, was passiert war.

Ramon: „Und wo ist nun dein starker Freund?"

John: „Um ehrlich zu sein kenne ich ihn nicht. Er kam mir nur zur Hilfe."

Bandit: „Aber jetzt ist er nicht da und du bist dran."

Ramon: „Ruhe. Ich sage wer hier dran ist und wer nicht. Verschwindet und lasst mich mit dem Pater alleine. Kommen sie, Mon Senior, setzen wir uns doch an einen Tisch."

Doch einem der Banditen gefiel das ganz und gar nicht. Er war in seiner Ehre gekränkt und geiferte nach Rache. Der Pater musste dran glauben, dass war ihm klar, und wenn Ramon das nicht befehlen sollte, dann musste es nicht mit dem Wissen seines Anführers geschehen. Als die drei Banditen gegangen waren, setzten sich Ramon und Pater Gabriel an den Tisch um zu reden.

Ramon: „Nun Padre, was willst du?"

John: „Ihr seid doch ein intelligenter Mann. Das müsst ihr doch nicht fragen."

Ramon: „Da hast du natürlich recht. Es geht um das Dorf stimmts?"

John: „Wisst ihr, ich hoffe wir können eine Lösung finden, die für alle zufriedenstellend ist."

Ramon: „Natürlich, solange wir weiterhin alles bekommen was wir wollen."

John: „Gerne teilen wir mit euch, doch um eure Wünsche befriedigen zu können müssen einige Stadtbewohner hungern."

Ramon: „Unterstellst du mir Habgier?"

John: „Ich denke mir, dass ihr vielleicht einfach nicht über unsere Vorräte Bescheid wisst. Und als großzügiger Anführer hättet euch natürlich eingeschränkt, wenn ihr das gewusst hättet."

Ramon: „Natürlich. Ich bin doch kein Unmensch. Aber wir haben verantwortungsvolle Aufgaben. Deshalb soll es uns nicht an Lebensmittel fehlen."

John: „Das verstehe ich natürlich. Aber die Dorfbewohner müssen auch hart arbeiten. Wenn sie zu wenig Nahrung haben fehlt es ihnen aber an der Kraft zu arbeiten. Und dann fällt möglicherweise die Ernte nicht so gut aus. Das würde bedeuten, dass ihr und ihre Männer auch weniger hättet."

Ramon: „Ich verstehe. Ein Teufelskreis."

John: „Ich wusste dass ihr das verstehen werdet."

Ramon: „Padre, du bist mir sehr sympathisch. Tequila für uns beide!"

John: „Nein, vielen Dank Senior Ramon. Ich trinke keinen Alkohol."

Ramon: „Also dein Vorgänger war dem Alkohol nicht so abgeneigt."

John: „Wir Menschen sind alle verschieden."

Ramon: „Na dann. Ein Wasser für den Padre!"

John: „Nun Senior Ramon. Kann ich euch vertrauen, dass ihr morgen nicht wieder das selbe macht wie gestern?"

Ramon: „Padre, kann ich dir vertrauen, dass du mir auch nichts vorenthaltest?"

John: „Senior Ramon, ihr könnt unsere ganzen Vorrate ansehen. Doch es sollte gerecht aufgeteilt werden."

Ramon: „Nun gut. Das klingt fair. Ich will doch nicht, dass so ein kleiner Mexikaner beim Arbeiten in der Hitze umfällt."

John: „Das ist sehr großzügig von dir und ich weiß das zu schätzen. Aber nun hätte ich noch ein Anliegen."

Ramon: „Was denn noch? Ich hab es gewusst. Gibt man so einem Mann der Kirche einen kleinen Finger, dann will er gleich die ganze Hand."

John: „Nein. Es handelt sich um keine Ware."

Ramon: „Na dann sprich Mon Senior."

John: „Ihr seid doch ein Mann der Welt und solltet auch eine ebensolche Truppe anführen"

Ramon: „Ja, das ist wahr. Aber was genau meinst du denn damit?"

John: „Wenn ihr mit euren Männern ins Dorf kommt wäre es uns wichtig, dass sich die Männer ordentlich benehmen würden."

Ramon: „Was soll denn das heißen? Wir haben noch nie jemandem auch nur ein Haar gekrümmt. Und es wurden immer alle Frauen verschont. Obwohl wir das Gegenteil tun könnten, und das ohne jegliche Konsequenzen."

John: „Dafür bin ich auch sehr dankbar. Die Leute haben aber trotzdem Angst. Es wäre gut, wenn ihr nicht wie wild und schießend durch die Stadt reiten würdet. Ich sehe euch als Geschäftspartner an. Wir stehen unter eurem Schutz, dafür sollt ihr aber auch etwas von unserer Ernte abbekommen."

Ramon: „Das haben wir doch bereits besprochen."

John: „Ja aber was ich meine ist, dass beide Seiten sich wie Geschäftsleute benehmen sollten und nicht wie Provinzmenschen. Ihr seid doch eine angesehene Persönlichkeit, Senior Ramon. Das versteht ihr doch."

Ramon: „Natürlich. Aber jetzt ist Schluss mit weiteren Forderungen. Ich will die Hälfte der Ernte, im Gegenzug werden wir uns ruhiger verhalten."

John: „Ihr seid sehr klug. Ich bedanke mich vielmals."

Ramon: „Ja, ja schon gut. Aber nun verschwinde, ich habe noch zu tun."

Pater Gabriel verabschiedete sich und bestieg wieder sein Pferd. Er konnte es kaum erwarten, den Dorfbewohnern von seinem positiven Gespräch mit Ramon zu erzählen. Die drei Banditen, die zuvor von dem Fremden niedergeschlagen wurden beobachteten ihn. Als John los ritt folgten sie ihm unauffällig. Sie kannten den Weg ins Dorf sehr gut und ritten abseits davon, um den Pater den Weg abzuschneiden. Sie wollten ihn an der kleinen Schlucht abfangen, an der John zuvor Carlos befahl, wieder zurück ins Dorf zu reiten. Deshalb mussten sie vor John dort sein. Weil sie nicht den üblichen Weg nahmen sondern quer durchs Feld ritten, schafften sie das auch. Die drei postierten sich hinter dem Felsen, um John ins Kreuzfeuer nehmen zu können und warteten auf ihn. Nach zirka zehn Minuten erschien John. Sie warteten ab, bis er sich an dem Punkt befand, an dem es kein zurück mehr gab und er von allen Seiten ins Feuer genommen werden konnte. Und dieser Punkt war nicht mehr weit. Da sprang schon einer der Banditen hervor und zielte mit seinem Gewehr auf den Priester. John erschrak und wollte sofort umkehren, doch hinter ihm lauerten bereits die anderen beiden Banditen mit gezückter Waffe. Er drehte sich wieder zu dem jenigen um, der ihm den Weg versperrt,und sagte: „Nun gut. Ich bin bereit."

Bandit: „Auch in seinen letzten Sekunden hält er noch an seinem Glauben fest. Na Padre, du hast wohl nicht gedacht, dass wir uns so schnell wieder sehen. Ungeschickter Weise ist nun aber kein Freund da, um dir zu helfen."

John: „Verschwenden wir keine Zeit. Tut das, was ihr tun müsst."

John schaute dem Banditen tief in die Augen und wusste, dass nun wohl seine letzte Stunde geschlagen hatte. Doch wenigstens hatte er zuvor noch etwas Gutes getan. Er hatte mit Ramon einen Deal ausgehandelt, der das Leben der Dorfbewohner erleichtern würde. Und das tröstete ihn in seinen letzten Sekunden. Er schloss seine Augen und wartete auf den Schuss, der ihn zu seinem Schöpfer bringen sollte. Und da hallte schon der Schuss durch die Schlucht. John erschrak und riss die Augen auf. Da sah er den Banditen, wie dieser am Bauch getroffen zu Boden stürzte. Die beiden Kerle hinter ihm schauten sich um, aber sie konnten den Schützen nicht sehen. Deshalb versuchten sie schnell aus der Schlucht zu fliehen, doch dann fiel wieder ein Schuss. Und noch einer. Die beiden Fliehenden stürzten ebenfalls auf den Boden. Einer von ihnen lebte noch. Er wimmerte und bewegte sich. Doch dann fiel noch ein Schuss. Und dieser war tödlich. John versuchte, gegen die bereits tief stehende Sonne den Schützen zu erkennen. Er sah aber nur einen Schatten, der auf ihn zukam. Erst als der Mann sehr nahe war erkannte er ihn. Es war Carlos.

John: „Warum hast du das gemacht?"

Carlos: „Du solltest dich bei mir bedanken."

John: „Du hast gerade drei Menschen getötet."

Carlos: „Drei Banditen. Na und? Sie wollten dich umbringen."

John: „Drei Leben für eines?"

Carlos: „Diese drei Leben sind nicht so viel wert wie deines."

John: „Jedes Leben ist gleich viel Wert."

Carlos: „Das kann ich mir nicht vorstellen. Welchen Wert soll so ein Leben, das nichts für die Gesellschaft beiträgt und nur anderen Schaden zufügt, denn schon haben? Und das mal drei. Ich glaube, ich habe etwas Gutes getan."

John: „Vielleicht hast du recht. Doch Mord ist eine Sünde."

Carlos: „Mord? Notwehr. Wenn sie dich getötet hätten, wäre es Mord gewesen."

Pater Gabriel fand darauf keine Antwort. Vielleicht hatte Carlos wirklich recht. Doch es schmerzte ihn, dass er zusehen musste, wie jemand getötet wurde. Carlos konnte nicht wissen, wie das Gespräch mit Ramosn verlaufen ist. Also versuchte John, Carlos weiter zu überzeugen.

John: „Ich habe mit Ramon eine Vereinbarung getroffen. Und jetzt haben wir drei Männer von ihm getötet. Mein Leben wäre nur ein geringer Preis für die Zukunft gewesen. Nun haben wir alles auf den Kopf gestellt."

Carlos: „Nicht wir, sondern ich. Bist du wirklich so naiv zu glauben, dass Ramon sein Wort hält? Wer weiß, vielleicht wird dir noch die Gelegenheit geboten, dein Leben für das Dorf zu opfern."

John: „Vielleicht. Doch was soll inzwischen geschehen? Wenn Ramon von dem geschehenen erfährt, wird er Rache suchen."

Carlos: „Soll er nur kommen. Ich werde warten."

John: „Würdest du dich opfern? Würdest du Ramon aufsuchen, ihm sagen was passiert ist, sodass er nur an dir Rache verüben würde?"

Carlos: „Ich bin doch nicht blöd."

John: „Siehst du. Das ist der Unterschied zwischen uns beiden. Und deine Tat bringt nicht nur dich oder uns beide in Gefahr, sondern das ganze Dorf."

Carlos überlegte kurz. Vielleicht hatte er wirklich einen Krieg angefangen, den aber auch nur er wollte. Er überlegte weiter, um eine Lösung zu finden.

Carlos: „Wir verstecken die drei. Keiner hat uns gesehen."

John: „Das wäre eine Lüge. Das will ich nicht. Ich werde wieder zu ihm reiten und die Wahrheit erzählen. Sie wollten mich umbringen und das wahrscheinlich ohne seinem Befehl. Vielleicht hilft uns das."

Carlos: „Bist du dir da ganz sicher, dass er diesen Befehl nicht gegeben hat?"

Der Priester überlegte. Natürlich war er sich nicht sicher. Er konnte nur auf Ramon´s Worte vertrauen. Doch kannte er ihn erst einen Tag. Während John überlegte, fuhr Carlos fort: „Du willst mich also bei Ramon verpfeifen. Wenn du das machst unterschreibst du mein Todesurteil. Und ich wollte dir nur helfen. Ich habe dein Leben gerettet."

John: „Ich würde nie deinen Namen nennen."

Carlos: „Und wie gedenkst du dann, das zu erklären?"

John: „Ich sage Ramon, dass mir jemand das Leben gerettet hat, ich aber ich sage ihm nicht, wer es war. Und für diesen Entschluss bitte ich ihm um Vergebung. Er kann dann mit mir machen was er will."

Carlos: „Wer verspricht dir, dass er dann das Dorf in Ruhe lassen wird? Du zwingst mich dazu, mich zu stellen."

John: „Er braucht die Nahrung für seine Männer. Und dazu braucht er das Dorf."

Carlos: „Was wenn er uns zu knechten versucht. Wenn er unsere Frauen nimmt und uns mit Gewalt erpresst, zu arbeiten?"

Pater Gabriel wusste natürlich, dass Carlos Worte nicht all zu weit her geholt waren. Und er selbst schätzte Ramon gleich ein wie Carlos. Aber es wäre der einzige richtige und ehrliche Weg. Trotzdem wollte er das Dorf keiner weiteren Gefahr aussetzen.

John: „Geh und bringe uns zwei Schaufeln. Wir werden die drei christlich beerdigen: Danach werden wir nie mehr über diesen Vorfall sprechen. Und ich werde Gott jeden Tag dafür um Verzeihung bitten. Das solltest du übrigens auch."

Carlos: „Ich bin erleichtert, dass du zur Vernunft gekommen bist, aber ich kann dir nicht versprechen, dass ich für diese Tat um Vergebung beten werde."

John: „Es tut mir weh, in deinen Augen keine Reue erkennen zu können. Aber wenn du das nicht machst, dann bist du nicht anders als Ramon oder wie die drei, die da vor uns liegen."

Danach drehte sich John um und suchte nach einem geeigneten Platz für die Gräber. Während Carlos sich auf dem Weg ins Dorf machte, um die Schaufeln zu holen, dachte er über Johns Worte nach. Und ein kleines Gefühl von Reue kam dann doch bei ihm auf.

Als er zurück kam, hatte John bereits drei Kreuze aus Ästen zusammen gebastelt. Nachdem die drei Männer begraben waren, sprach Pater Gabriel noch ein Gebet und Carlos betete mit.

Zwei mysteriöse Fremde

Miguel beobachtete Pater Gabriel und Carlos dabei, wie sie ins Dorf ritten. Er fragte sich, was die beiden wohl getrieben hatten? Doch dann verschwendete er keinen Gedanken mehr daran.

John ging in seine Kirche um zu beten. Er übersah die Zeit und Maria suchte ihn bereits wegen dem Abendessen. Ihr erster Weg war natürlich zur Kirche. Als sie Pater Gabriel mit geschlossenen Augen und verschränkten Händen sitzen sah, kam in ihr das Gefühl hoch, dass etwas nicht in Ordnung sei. Sie ging langsam auf ihn zu. Pater Gabriel war tief in sein Gebet versunken und nahm kein Geräusch war. Er. Maria berührte ihn sanft an der Schulter und sagte: „John, ist alles in Ordnung?" Der Priester erschrak, blickte zu ihr auf und sagte: „Maria, habe ich denn die Zeit übersehen? Verzeih mir."

Maria: „Du musst dich nicht entschuldigen. Kommst du mit oder soll ich dir dein Essen hierher bringen?"

John: „Ich habe leider keinen Appetit heute. Verzeih mir. Teile mein Essen mit deinem Sohn."

Maria: „Aber du kannst doch nicht ohne Mahlzeit schlafen gehen."

John: „Doch Maria. Ich werde heute fasten."

Maria: „Ist etwas vorgefallen?"

John: „In unserer Welt gibt es immer Vorfälle, die mich bedrücken. Das wird leider nie ausbleiben. Aber mach dir keine Sorgen um mich."

Maria: „Das tue ich aber, wenn ich dich so sehe."

John atmete kurz aus, sah zu Maria auf und erwiderte mit einem kleinen Lächeln: „Ach Maria, es sollte viel mehr Menschen wie dich geben."

Diese Worte fanden den Weg direkt in Marias Herz. Sie war es gewohnt, schwer zu arbeiten und auf ihr Kind aufzupassen. So etwas Nettes hatte noch nie jemand zu ihr gesagt. Doch mit zunehmender Sympathie stiegen auch ihre Schuldgefühle. Sie empfand immer wie mehr für John und das war wohl eine Sünde. Dieser Moment alleine mit John in der Kirche war für sie sehr emotional und sie war den Tränen nahe. Daher sagte sie nur: „Danke John" und verließ zügig die Kapelle. John wunderte sich ein bisschen über das Verhalten von Maria, aber er machte sich keine weiteren Gedanken darüber. Er setzte sein Gebet fort.

Am nächsten Morgen stand John sehr früh auf. Gespannt wartete er in der Kirche und fragte sich, wieviele Leute heute wohl kommen würden. Die Tür stand weit offen und Maria betrat, gefolgt von ihrem Sohn, als erstes die Kirche. John lächelte sie an und sie erwiderte. Dann kam der nächste Besucher. John traute seinen Augen nicht. Es war Carlos. Dies füllte Johns Herz mit Stolz. Denn vielleicht hatte Carlos nun den richtigen Weg eingeschlagen. Vielleicht brauchte es das gestrige Ereignis, um einen jungen emotionalen Mexikaner auf die richtige Fährte zu bringen. Doch es wurde noch besser. Es dauerte nicht lange bis die Kirche zur Gänze gefüllt war. Einige

Besucher mussten sogar stehen. Das war für John ein großer Trost nach dem gestrigen Ereignis. Er bedankte sich für das zahlreiche Erscheinen. Bevor er mit seiner Predigt begann, verkündete er das Abkommen mit Ramon.

John: „Ich habe heute eine frohe Botschaft für euch. Ich führte gestern ein Gespräch mit Ramon, in dem wir uns auf ein paar grundlegende Dinge einigen konnten."

Miguel: „Was meinen sie mit einigen?"

John: „Ramon und seine Männer bekommen zwar weiterhin Verpflegung, aber es gibt in Zukunft eine gerechte Aufteilung. Wir werden weiterhin teilen, aber nur so viel, dass wir nicht ausgebeutet werden."

Miguel: „Wer gibt ihnen das Recht, für uns zu sprechen?"

Maria: „Sei still Miguel, darüber haben wir doch abgestimmt."

Miguel: „Ja, aber nun können wir weiterhin diese Halunken beherbergen."

Carlos: „Kämpfen wolltest du doch auch nicht, Miguel. Irgendetwas muss dir dann schon recht sein."

Maria: „Hast du gedacht, Pater Gabriel redetet einmal kurz mit Ramon und dann sehen wir ihn und seine Männer nie mehr?"

Carlos: „Außerdem warst du es Miguel, der alles beim Alten lassen wollte."

Die Diskussion wurde immer heftiger und Pater Gabriel griff ein.

John: „Ruhig Blut meine Freunde. Also lasst mich einmal unser Abkommen genauer erläutern."

Alle schauten gespannt zu John und er fuhr fort: „Der erste Punkt betrifft die Aufteilung der Nahrung. Der zweite Punkt das Benehmen der Männer. Ramon versicherte mir, dass unser Dorf nicht mehr als Vergnügungsplatz für seine Bande gelten wird. Das heißt, dass es keine Eskapaden mehr gibt und niemand das Dorf mehr verwüsten wird. Sie werden sich benehmen und das, was wir für sie tun zu schätzen lernen."

Dann sah der Pater zu Miguel. Er spürte, dass Miguel sehr skeptisch war. Die anderen Leute machten eher einen erleichterten Eindruck. Sie glaubten John, denn er war in dem was er machte und wie er auftrat sehr authentisch. Doch Carlos hatte das Bedürfnis noch etwas zu klären.

Carlos: „Das hört sich alles gut an, und wir alle sind ihnen dafür sehr dankbar. Aber was garantiert uns, dass Ramon sein Wort hält? Immerhin kennen wir Ramon nur anders."

John: „Leider kann ich euch nichts garantieren. Und ich glaube euch, dass jeder, der Ramon kennt, berechtigter Weise durchaus skeptisch ist. Ich kann nur sagen dass ich ihm in die Augen gesehen habe und ich das Gefühl hatte, er werde sein Wort halten."

Maria: „Wir werden es sehen. Jetzt können wir ja nichts ändern. Und schlimmer kann es auch nicht werden. Ich vertraue auf Pater Gabriels Menschenkenntnis."

Carlos und John wechselten ihre Blicke. Beide dachten das Selbe und wussten, dass es nach den Geschehnissen des Vortages vielleicht doch noch schlimmer kommen konnte. Miguel bemerkte dies. Er beobachtete genau, wie sich Carlos und John ansahen und ahnte, dass da möglicherweise noch etwas im Busch sein könnte. Vielleicht auch deshalb, weil er Pater Gabriel nicht besonders mochte. Er stand ihm einfach nicht zu Gesicht und deshalb suchte er wahrscheinlich zwanghaft nach einem Fehler, der John unbeliebt machen könnte.

John: „Danke Maria. Ihr müsst wissen, dass ich hier bin um euch zu helfen und nicht um euch zu schädigen."

Carlos: „Ich glaube auch nicht dass es noch schlimmer werden könnte. Ich hoffe natürlich, dass du recht hast."

John: „Nun gut. Aber eigentlich sind wir doch alle aus einem ganz anderen Grund hier."

Pater Gabriel begann mit seiner Predigt. Doch er bemerkte schnell, dass seine Kirchengemeinde mit den Gedanken nicht ganz bei der Sache war. Die Angelegenheit mit Ramon und seiner Sippe ging den Bewohnern nicht aus dem Kopf. Er hätte diese Nachricht wohl besser am Ende der Messe übermitteln sollen. Also hielt er sich an diesem Morgen sehr kurz. Nach dem Gottesdienst verabschiedete er sich wie immer am Kircheneingang. Maria verließ als Letzte die Kapelle. Als sie sich verabschiedete, fragte sie John, ob er wohl an diesem Abend zum Essen kommen würde. John lächelte kurz und nickte. Während er zusah, wie Maria und die Anderen sich auf den Weg in ihre Häuser machten, bemerkte er zwei finstere Typen, die durch das Dorf ritten. Er beobachtete sie genau, doch er konnte sie nicht erkennen. Sie waren für den Westen sehr ungewöhnlich gekleidet. Der Eine hatte gar keinen Hut. Der Andere trug zwar einen, dieser war aber nicht gerade im

Stile der Zeit. Er hoffte, dass die beiden keinen Ärger bringen würden. Doch sein Instinkt sagte ihm etwas Anderes. Sie kamen immer näher und machten bei Pater Gabriel halt.

John: „Guten Tag. Ich bin Pater Gabriel. Kann ich etwas für sie tun?"

Leo: „Ich bin Leo und das ist mein Gefährte Karl. Wir sind auf der Suche nach jemandem."

John: „Ist das nicht jeder?"

Die beiden Fremden lachten und dachten sich, was das für ein komischer Priester ist. John allerdings hatte kein gutes Gefühl bei den beiden.

Leo: „Vielleicht habt ihr recht. Ist hier in den letzten Wochen jemand alleine durchgereist?"

John: „Ich bin erst ein paar Tage in diesem Dorf, aber mir wäre jetzt nichts in diese Richtung gehend aufgefallen."

Leo: „Wie weit ist denn die nächste Stadt entfernt?"

John antwortete: „Zirka ein guter Stundenritt in diese Richtung" und zeigte gegen Norden.

Karl: „Leo, was hältst du von einer Pause? Wir reiten jetzt schon eine lange Zeit durch."

Leo: „Aber nur kurz. Sagt Pater, können wir bei euch eine kleine Rast einlegen?"

John: „Natürlich. Hier ist ein Brunnen. Ihr könnt selbstverständlich auch eure Wasservorräte auffüllen."

Die beiden bedankten sich, stiegen von ihren Pferden ab, und gingen zum Brunnen. John begleitete sie. Während sie tranken setzte er das Gespräch fort.

John: „Ihr müsst verzeihen, wir haben nicht viel, deshalb können wir auch nicht viel geben."

Karl: „Unser Trockenfleisch ist leider gleich aus und ich bin ziemlich hungrig."

John: „Ich werde einmal nachfragen, aber bitte verzeiht uns, wenn wir nicht viel zu teilen haben."

Leo: „Wir haben genug Geld. Für etwas Vorrat würden wir euch gut bezahlen."

John: „Rastet hier und ich werde inzwischen sehen, was ich machen kann."

Pater Gabriels erster Weg war natürlich zu Maria. Sie hatten Kühe und daher auch einen Vorrat an Trockenfleisch. Doch das war sehr kostbar für sie. Auch wenn sie bezahlt werden würde wäre es unklug, das Fleisch zu verkaufen, um sich dann mit dem eingenommenen Geld selbst wieder eines kaufen zu müssen. John war das natürlich klar. Also meinte er, dass sie ihnen ein Brot verkaufen sollte. Das war für Maria in Ordnung. Sie gab ihm das Brot mit und John ging wieder zu den zwei Fremden, die sich am Brunnen noch immer ausruhten.

John: „Ich kann leider nur mit Brot dienen."

Karl: „Besser als nichts, nur her damit."

Karl war so hungrig dass er John den Laib ungestüm aus der Hand riss.

Leo: „Ihr müsst meinen ungehobelten Freund entschuldigen. Habt vielen Dank. Hier, ist das genug?"

John blickte überrascht auf die zwei Dollar die er von Leo überreicht bekam und antwortete: „Aber das ist doch viel zu viel."

Ein Laib kostete zu dieser Zeit ungefähr fünfundsiebzig Cent. Das heißt, Leo gab ihm mehr als das Doppelte. Und Dollar waren sehr gefragt in Mexiko.

Leo: „Das passt so. Wir haben ja auch etwas Wasser getrunken. Wir sind dankbar dafür dass ihr uns bewirtet. Das sind wir nämlich nicht gewöhnt, seit wir in diesem Land sind."

John: „Dann habt vielen herzlichen Dank. Da wird sich Maria freuen."

Das Brot würde für die beiden vorerst auch reichen. Denn nach einem Zweistundenritt konnten sie in der nächsten Stadt ihre Vorräte wieder auffüllen. Und am Geld würde es bei den zwei Fremden so wie es aussah nicht fehlen.

Während die beiden das Brot und ihr letztes Trockenfleisch verzehrten, interessierte sich John ein wenig für die zwei. Da sein erster Eindruck nicht gerade positiv war, und die beiden, vor allem Leo, aber sehr freundlich waren, hatte er das Gefühl etwas gut machen zu müssen.

John: „Ihr sagtet, dass ihr in diesem Land nur zu Gast seid. Von wo kommt ihr?"

Leo: „Aus Österreich."

John: „Das hab ich mir schon gedacht."

Karl: „Wieso?"

John: „Wegen eurer Namen und eurem Akzent."

Leo: „Das kann man nicht verstecken."

John: „Den Mann den ihr sucht, ist das ein Freund von ihnen?"

Karl wollte etwas sagen, doch Leo unterbrach ihn und sagte: „Ja, wir sind alte Bekannte."

John: „Alte Bekannte? Und da nehmt ihr so einen breiten Weg auf euch, um ihn zu suchen?"

Karl: „Warum seid ihr denn so neugierig Pater?"

Leo: „Karl lass das. Der Pater ist sehr freundlich. Und wir haben doch nichts zu verbergen."

John: „Verzeiht mir. Ich wollte nicht aufdringlich sein. Wenn ihr mir nicht antworten wollt, ist das eure Entscheidung. Ihr müsst nichts tun was ihr nicht wollt. Ich wollte nur eine Konversation führen."

Leo: „Ich habe kein Problem damit, es euch zu sagen Pater. Der Mann ist nämlich ein Verbrecher. Er tötete einen Freund von uns und flüchtete in dieses Land. Wir wollten ihn zurückbringen, um ihn vor ein faires Gericht zu stellen."

Zwei Österreicher die einen Österreicher suchen. John hatte drei Österreicher in zwei Tagen kennen gelernt. Und das zu einer Zeit, wo man etwas allergisch auf Österreicher in diesem Land reagierte. „Das kann doch kein Zufall sein" dachte sich der Priester. Er ahnte, dass es sich bei dem Mann um Oztoatl handeln würde. Der Mann, der ihm in der Bar zur Hilfe kam. Doch sollte er ihn verraten?

John: „Wie heißt er?"

Leo: „Siegfried."

John: „Mit dem Namen Siegfried hat sich bei mir noch nie jemand vorgestellt."

John überlegte, ob es sich bei diesem Mann nicht doch um seinen Retter Oztoatl handeln könnte. Aber er fragte nicht mehr weiter. Wenn es sich nämlich um den selben Mann handelte, dann würde John ihn verraten müssen. Aber das wollte er nicht. Die Alternative wäre zu lügen, doch das war für den frommen Priester ebenfalls ein Tabu. Bis jetzt hatte er nichts Falsches getan. Die beiden Fremden fragten lediglich, ob jemand durchs Dorf geritten sei. Sie fragten John nicht, ob er einen Oztoatl kennen würde. Und John beließ es bei der Tatsache, dass dies wohl ein Geheimnis bleiben würde. Deshalb wechselte er wieder schnell das Thema.

John: „Wie ist das Leben so in Europa? Ist es unserem ähnlich?"

Darauf antwortete Karl mit einem sarkastischem Unterton: „Nein überhaupt nicht. Wir sprechen Deutsch."

Das kostete allen einen kleinen Lacher. Karl hatte das auch damit bezwecken wollen. Doch Leo gab John auch noch eine vernünftige Antwort.

Leo: „Da sind dann doch noch mehr Unterschiede. Wir kleiden uns zum Beispiel anders. Und bei uns läuft auch nicht jeder mit einer umgeschnallten Waffe herum."

Karl: „Und so heiß ist es bei uns auch nicht."
Leo: „Das stimmt. Wir sind ein anderes Klima gewohnt."

Pater Gabriel hörte aufmerksam zu, wie die beiden von ihrer Heimat sprachen. Insgeheim fragte er sich, ob es sich wirklich um diesen Oztoatl handeln könnte, den die zwei suchten. Und ob dieser ein so schlimmes Verbrechen begehen könnte, dass ihm zwei wilde Kerle über den Ozean folgten, um ihn vor ein heimisches Gericht zu zerren. Er konnte es nicht glauben, denn als er in Oztoatls Augen sah bemerkte er etwas Gutes in ihm. Und John war der Überzeugung, dass er über eine gute Menschenkenntnis verfüge. Dieser Oztoatl, oder Siegfried, wie ihn die beiden nannten, reflektierte irgendwie John selbst. Als würde er in den Spiegel sehen. Er sah eine Vergangenheit voll Freude, doch auch viel Leid, welches die schönen Erlebnisse übertraf.

Nachdem sich die beiden Durchreisenden genügend ausgeruht hatten, bedankten sie sich noch einmal und ritten weiter. John überreichte Maria die zwei Dollar, die ihm die beiden für das Brot gegeben hatten. Maria war sehr erstaunt. Natürlich freute sie sich auch. Doch sie war ein sehr moralischer Mensch und wusste, dass das viel zu viel sei.

Maria: „Ach John, dass kann ich doch nicht annehmen."

John: „Aber natürlich. Sie bestanden darauf, denn sie waren schon sehr hungrig und dankbar, dass wir ihnen überhaupt was gegeben haben."

Maria: „Dann teilen wir es uns."

John: „Nein, auf gar keinen Fall. Das wäre nicht richtig. Du beherbergst mich auch hier. Behalte es."

Maria: „Aber du bekommst keinen Sold für deine Arbeit hier."

John: „In Gottes Namen zu arbeiten wird nicht mit Geld honoriert. Das ist ein Privileg. Eine Bestimmung. Mein Lohn ist die Befriedigung, Gutes zu tun. Und das bei Tag und Nacht. Außerdem ist mir deine Freude Lohn genug."

Maria: „Was soll ich sagen? Danke."

Schon wieder hatte John etwas gesagt, dass Marias Herz erwärmte. Und solche Gespräche waren für sie nicht gut, denn sie verfiel ihm immer mehr. Zwischen den beiden war etwas, doch was fühlte Pater Gabriel, wenn er in Marias Nähe war? Das Selbe? Oder war er einfach nur so ein guter Mensch? Maria stellte sich all diese Fragen und wusste nicht, wie sie mit dieser Situation umgehen sollte.

Kapitel 7: Die vermissten Personen

Die Wochen vergingen und Pater Gabriel hatte sich inzwischen schon sehr gut eingelebt. Die Dorfbewohner liebten ihn, denn Ramon hielt sein Wort. Es war ein ganz anderes Leben in dem kleinen Dorf. Sie hatten nichts mehr zu befürchten. Alle kamen gut miteinander aus. Und John fühlte sich sehr wohl. Er wurde von seiner Gemeinde akzeptiert und schaffte es, den Menschen den Glauben wieder näher zu bringen. Den Glauben an das Gute, an sich selbst, an Gott. Was für John am Anfang als aussichtslos, gerade zu unmöglich anmutete, schien nun doch gelungen zu sein. Doch gab es etwas, das an seinem Gewissen nagte. Nämlich die drei Toten, die er und Carlos vergraben hatten. Trotz der Tatsache, dass Carlos ihm damit das Leben gerettet hatte, empfand er es als falsch, die Angelegenheit zu verschweigen. Natürlich handelte es sich dabei um Banditen, die vielen Menschen

79

Schaden zugefügt hatten und dies wahrscheinlich auch noch weiterhin gemacht hätten, doch er hatte ein Abkommen mit Ramon. Und deshalb war er der Meinung, dass er Ramon gegenüber damit einen Vertragsbruch begonnen hatte. Er verstand sich inzwischen gut mit Ramon. Doch das schlechte Gewissen kam in seiner Gegenwart jedes Mal zum Vorschein. John tröstete sich mit dem Gedanken, dass er dies alles nur zum Wohle des Dorfes gemacht hatte und weiterhin machen würde.

An einem sonnigen Nachmittag half John Maria dabei, am Feld zu arbeiten. In der Ferne bemerkte er, wie Ramon mit vier weiteren Männern ins Dorf ritt. John dachte sich nicht viel dabei, denn Ramon kam ja öfter und er und seine Männer konnten sich ja nun benehmen. Deshalb reagierte John auch nicht darauf und half Maria weiterhin bei der Arbeit. John wollte natürlich etwas mithelfen, da er ja auch von ihr bewirtet wurde. Deshalb verbrachten die beiden auch jede Menge Zeit miteinander. Für Maria war es weiterhin schwer, ihre Gefühle zu unterdrücken. Doch Frauen sind ja bekanntlich das stärkere Geschlecht. Sie lernte damit umzugehen und hoffte darauf, dass die Gewohnheiten die Gefühle verdrängen würden.

Als es dunkel wurde, machten sich Maria und John auf den Weg ins Dorf. Pater Gabriel überlegte, ob Ramon noch im Dorf sei, denn er hatte ihn den ganzen Nachmittag nicht mehr weg reiten gesehen. Aber es konnte ja gut möglich sein, dass er ihn während der Arbeit übersehen hatte. Es wäre auch sehr ungewöhnlich wenn Ramon noch hier wäre, denn er hielt sich nie lange im Dorf auf. Aber auf dem Weg zu Marias Haus sahen sie Ramon und die anderen vier Kerle am Brunnen sitzen. Sie machten einen sehr betrunkenen Eindruck. John grüßte sie von der Ferne und ging mit Maria ins Haus. Während sie das Abendessen zubereitete beobachtete John die Banditen vom Fenster aus. Sie tranken weiterhin und machten einen etwas traurigen Eindruck. Als Maria fertig war fragte sie: „John, was ist denn da draußen so interessant?"

John: „Ramon und seine Freunde."

Maria: „Das kann ich mir nicht vorstellen, dass die interessant seien. Komm, es ist angerichtet."

Pater Gabriel lächelte kurz und setzte sich dann an den Tisch. Wie immer war es ein sehr netter Abend. Für Maria fühlte es sich an, als wären sie, John und ihr Junge schon eine Familie. Nur mit dem Unterschied, dass sie mit John nicht intim wurde. Wahrscheinlich konnte sie deshalb ihre Gefühle zu ihm so gut verdrängen. Aber irgendwie führte sie mit ihm doch so etwas wie eine Beziehung.

Als sie mit dem Essen fertig waren stand John auf und verabschiedete sich. Es war etwas ungewöhnlich, denn er blieb immer ein bisschen länger und unterhielt sich mit den beiden. Vor allem der kleine Jose durchlöcherte ihn jedes Mal mit Fragen über Gott und die Welt. Diesmal jedoch hatte Pater Gabriel jedoch noch etwas vor. Er wollte mit Ramon sprechen. Es beunruhigte ihn, dass er sich mit seinen Männern noch im Dorf aufhielt und sich betrank. Also verließ er zügig das Haus und ging auf den Brunnen zu, an dem Ramon und die anderen Kerle herumlungerten. Pater Gabriel wollte wissen, was wohl der Grund dafür sei. Jeder hatte eine Flasche Wein in der Hand. Als Ramon bemerkte, dass sich der Priester näherte rief er: „Na Padre, wie wäre es denn mit einem Schluck Wein?"

John: „Vielen Dank Ramon, ich trinke keinen Alkohol."

Ramon: „Da versäumst du aber viel mein Freund."

John: „Ich sagte, dass ich jetzt keinen trinke, nicht dass ich nie welchen getrunken habe."

Ramon: „Du hast vom besten Getränk auf der Welt gekostet und jetzt trinkst du es nicht mehr? Das verstehe ich nicht."

Rodrigo: „Und das gleiche auch mit den Frauen. Das verstehe ich nicht."

John antwortete nicht darauf und Ramon bemerkte, dass dem Priester dieses Thema etwas unangenehm war. Immerhin mochte er den Pater und nahm ihn deshalb auch in Schutz.

Ramon: „Lass das Rodrigo, wir müssen doch nicht alles verstehen. Verzeih mir Padre, mein Bruder ist kein gläubiger Mensch."

John: „Es gibt nichts zu verzeihen. Jeder ist ein freier Mann und darf seine eigene Meinung haben."

Ramon: „Unser Padre, neutral wie immer."

John: „Darf ich fragen was es heute zu feiern gibt?"

Rodrigo: „Zu feiern gibt es gar nichts!"

Ramon: „Ruhig Rodrigo. Weißt du Padre, wir suchen jetzt schon seit Wochen unseren kleinen Bruder Tico. Wir können ihn nicht finden."

Diese Information beunruhigte Pater Gabriel etwas.

John: „Das tut mir leid. Seit wann genau wird er denn vermisst?"

Ramon: „Ich habe ihn an dem Tag, an dem du mich in unserer Stammbar besucht hast zum letzten Mal gesehen."

Pater Gabriels Puls stieg an. Er dachte nur nach und gab darauf keine Antwort.

Ramon: „Sancho, der Mann der dir in der Bar Ärger bereitete, war sein bester Freund. Auch er ist verschwunden."

Rodrigo: „Du hast Eduardo vergessen."

Ramon: „Ja genau. Zwei treue Gefährten und unser kleiner Bruder. Wir können sie einfach nicht mehr finden."

Johns Herz begann zu rasen. Er wusste was mit den Dreien passiert war. Das schlechte Gewissen plagte ihn in diesem Moment sehr. Sollte er nun die Wahrheit sagen und damit sein Schicksal und das des Dorfes besiegeln? Sollte er einen Deal aushandeln und sein Leben für alle opfern? Er glaubte dass es dafür schon zu spät war. Er wusste es. Mit seinem Schweigen hatte er Ramon seit Wochen belogen. Wenn Ramon die Wahrheit erfahren würde, würde er seinen Zorn und seinen Frust an ihm und dem Dorf auslassen. John lehrte immer die Wahrheit zu sagen, immer zu seinen Taten zu stehen, auch wenn es den Tod bedeuten würde. Doch in diesem Fall hatte Pater Gabriel keine andere Wahl. Er musste weiterhin Schweigen.

Maria beobachtete ihn während des ganzen Gespräches mit den Banditen. Als John sich wieder auf den Weg in seine kleine Unterkunft neben der Kirche machte sagte sie zu ihrem Sohn, dass sie noch kurz weg musste, und er die Tür nur öffnen sollte, wenn sie sich melden würde. Danach machte sie sich sofort auf den Weg zu Pater Gabriel. Sie fühlte, dass mit ihm etwas nicht stimmen konnte. Er benahm sich heute irgendwie anders. Ungewöhnlich. Als würde er ihr etwas verschweigen. Insgeheim dachte sie, dass er vielleicht auch für sie etwas empfinden würde und er deshalb mit sich selbst im Konflikt stand. Doch jedes Mal wenn ihr dieser Gedanke durch den Kopf ging, während sie auf den Weg zu John war, versuchte sie diesen sofort zu verdrängen, indem sie an ihre Vernunft appellierte. Die Liebe zwingt einem dazu schon mal an ungewöhnliche Möglichkeiten zu denken.

Maria und John

John: „Maria? Was bringt dich um diese Zeit noch zu mir?"

Maria: „Ich konnte nicht bis morgen warten. Ich muss mit dir sprechen."

John: „Ich verstehe. Bitte komm herein."

Maria: „Es ist mir aufgefallen dass du dich in letzter Zeit ganz anders benommen hast."

John: „Ach wirklich? Das fällt auf?"

Maria: „Ja. Ich möchte wissen was mit dir los ist."

John: „Ich bin Priester, aber auch nur ein Mensch. Jeder Mensch hat seine Sorgen."

Maria: „Du wirkst so traurig. Ich möchte wissen warum."

John: „Maria, du hast recht. Es bedrückt mich etwas. Aber ich kann mit dir darüber nicht sprechen."

Maria: „Warum denn nicht? Hat es mit mir zu tun? Hab ich etwas falsches getan?"

John: „Nein Maria. Du bist der letzte Mensch auf der Welt, auf den ich böse sein könnte."

Maria: „Aber was ist denn los? Ich kann es nur schwer mitansehen, wenn es dir nicht gut geht."

John: „Ach Maria. Es sollte mehr Menschen wie dich geben. Ich werde schon mit meinen Problemen klar kommen. Ich will dich nicht belasten. Sei weiterhin so eine nette und fröhliche Frau und kümmere dich nicht um mich."

Maria: „Das kann ich nicht. Ich kann nicht fröhlich sein, wenn ich dich so sehe."

John: „Warum denn nicht Maria? Ich habe doch schon gesagt, dass ich damit alleine klar kommen werde."

Maria: „Weißt du das nicht?"

John: „Was soll ich wissen?"

Maria: „Spürst du nicht warum du mir nicht egal bist?"

John: „Maria, was sagst du da?"

Maria: „Es tut mir leid. Ich kann nichts für meine Gefühle. Verzeih mir."

John: „Es gibt nichts zu verzeihen."

Maria: „Wie kann ich dir jetzt noch in die Augen schauen?"

John: „Maria, dass wirst du immer können, denn ich kann dir nicht böse sein."

Maria: „Du wirst dich jetzt fragen, was ich wohl für eine Frau bin, die hinter einem Priester her ist."

John: „Nein. Wir sind alle nur Menschen. Und du bist für mich momentan der wichtigste Mensch."

Maria: „Ich weiß nicht ob ich jetzt so weitermachen kann."

John: „Natürlich kannst du das. Du bist eine starke Frau. Ich bin überzeugt davon, dass du alles schaffen kannst was du willst."

Maria: „Also bin ich nicht der Grund für deine Trauer."

John: „Nein. Aber ich vertraue dir. Und deshalb werde ich dir sagen was geschehen ist."

Pater Gabriel wollte vom Thema ablenken. Außerdem bemerkte er immer mehr wie Marias Augen zu glänzen begannen. Und er vertraute ihr wirklich. Deshalb erzählte er ihr ganz genau, was sich alles in der Schlucht abgespielt hatte. Es tat ihm auch gut denn jeder Mensch, auch ein Priester, benötigt jemandem, mit dem er seine Sorgen teilen kann.

Nachdem Maria die ganze Geschichte gehört hatte war sie ganz durcheinander und legte ihre Hände auf die Brust.

John: „Es tut mir leid Maria. Doch ich konnte nichts machen. Glaube mir, ich hätte gern mein Leben dafür gegeben dass euch nichts passiert."

Maria: „Natürlich habe ich jetzt Angst. Was wird Ramon tun? Er braucht uns doch für seine Verpflegung. Doch andererseits kenne ich seine Art."

John: „Ich mache mir viele Sorgen. Vor allem um deinen Sohn Jose. Ich habe ihn sehr ins Herz geschlossen."

Maria: „Ramon wird Jose und mir nichts tun. Da brauchst du dich nicht zu sorgen."

John: „Was macht dich da so sicher?"

Maria: „Ich weiß es. Vertraue mir."

John: „Das verstehe ich nicht. Kennst du Ramon so gut dass du dies annehmen kannst?"

Maria: „John, Jose ist Ramons Sohn."

John konnte es nicht glauben. Was hatte Maria dazu bewegen können mit einem Banditen wie Ramon ins Bett zu steigen?

Maria: „John, ich liebe meinen Sohn über alles, doch das geschah nicht mit meinem Einverständnis."

John: „Ramon hat dich also…"

Maria: „Ja. Aber seither hat er mich nie wieder angegriffen."

John: „Weiß es Jose?"

Maria: „Nein. Es weiß auch sonst keiner in dem Dorf."

John: „Bei mir ist dein Geheimnis gut aufgehoben. Ich verspreche es dir."

Maria: „Und ich verspreche dir, dass ich den Vorfall in der Schlucht auch niemanden verraten werde."

John: „Warum ist mir Carlos gefolgt? Ich hätte sterben sollen."

Maria: „Hast du wirklich keine Angst vor dem Tod?"

John: „Angst? Jeder hat Angst davor."

Maria: „Warum sagst du dann so etwas?"

John: „Wenn es einen Sinn macht, dann denke ich nicht daran was geschehen könnte oder wie schmerzhaft es sein würde."

Maria: „Weißt du denn was passiert wenn man stirbt?"

John: „Wir können nur glauben. Wissen wird es kein Mensch auf dieser Welt. Doch der Glaube macht uns stark."

Maria: „Und was glaubst du?"

John: „Ich? Ich hätte schon so oft sterben sollen. Wahrscheinlich habe ich deshalb immer wieder die gleiche Vision."

Maria: „Eine Vision?"

John: „Ja. Seit dem Krieg stelle ich mir vor wie es sein könnte, wenn man stirbt. Und trotz Religionslehre blieb ich bei meiner Vorstellung."

Maria: „Und wie ist der Tod in deinen Gedanken?"

John: „Ich reite einfach nur auf meinem Pferd der Sonne entgegen. Und ich verschwinde einfach im Licht und reite weiter. Bis ich im Paradies bin. Und alle wieder um mich sind, die ich liebe."

Maria: „Eine schöne Vorstellung."

John: „Das Schöne daran ist doch dass wir alle, ohne Ausnahme, erfahren werden was dann wirklich passieren wird."

Maria: „Doch wir werden das natürlich soweit hinauszögern wie es geht."

John: „In Anbetracht dessen, was nun alles passieren könnte, wird das sehr schwer."

Maria: „Ich habe dir doch schon gesagt dass Ramon Jose und mir nichts antun wird. Die Dorfbewohner braucht er ja auch. Wer würde die Verpflegung für ihn und seine Männer denn erarbeiten? Und du bist ein Priester. Dir würde er auch nichts tun."

John: „Ich mache mir nicht um mich Sorgen. Aber ich kenne Männer wie Ramon. Diese Männer denken nicht weit in die Zukunft. Wenn es ihm nach Vergeltung dürstet, dann wird er sie durchführen. Egal welche Folgen das hätte."

Maria: „Das glaube ich nicht. Er wird sich vielleicht auf die Suche nach dem Mörder machen. Und wenn er ihn findet, wird er ihn sicher nicht verschonen."

John: „Carlos tat es nur um mich zu retten. Soll er dafür büßen?"

Maria: „Wie sollte Ramon überhaupt die Wahrheit erfahren? Es wird nichts passieren."

John: „Ich habe das Gefühl zu lügen, wenn ich Ramon nicht die Wahrheit sage."

Maria: „Das stimmt doch nicht. Du redest einfach nicht davon."

John: „Mit dem Schweigen lügt man manchmal auch. Vor allem vor Gott."

Maria: „Was heißt das? Wirst du Ramon von den Vorkommnissen in der Schlucht erzählen?"

John: „Nein, natürlich nicht. Ich werde alles was in meiner Macht steht tun, um euch zu schützen. Die Wahrheit zu verheimlichen ist eine Sache die ich mit meinem Gewissen vereinbaren muss."

Maria: „Ich verstehe. Deshalb bist du momentan so niedergeschlagen."

John: „Ja. Und dass Ramon mir zuvor erzählte, dass es sich um seinen kleinen Bruder handeln würde, war für mich auch nicht aufmunternd"

Maria: „Sein Bruder war auch ein Bandit. So wie die Anderen."

John: „Mittlerweile solltest du mich gut genug kennen um zu wissen, dass das kein

Grund dafür ist einen Menschen zu töten. Aber auch ich werde mich wieder aufraffen. Also sorge dich nicht um mich."

Maria: „Das freut mich zu hören. Nun muss ich aber los, Jose ist jetzt schon eine Zeit lang alleine. Ich werde jetzt nach Hause gehen."

Maria ging zur Tür. Aber bevor sie den Raum verließ drehte sie sich noch einmal um und sagte: „Und wegen dem, was ich vorher gesagt habe..."

John: „Ich weiß nicht wovon zu sprichst. Du hast nichts Schlimmes gesagt."

Maria drehte sich ohne ein Wort zu sagen um und verließ Johns Unterkunft. Sie ging rasch zu ihrem Haus, doch auf einmal hörte sie ein Geräusch. Sie drehte sie sich erschrocken um. Doch sie konnte nichts ungewöhnliches sehen. Es war sehr dunkel und Ramon und seine Freunde waren auch nicht mehr im Dorf. Sie ging immer schneller bis sie endlich in ihrem Haus war. Natürlich wollte sie sofort nach Jose sehen. Und da sah sie ihn liegen. Er war bereits eingeschlafen. Doch was war das, was sie im Dunkeln gehört hatte?

Die drei Kreuze

Nach der morgendlichen Predigt beschloss
Pater Gabriel einen Spaziergang zu machen,
um den Kopf frei zu bekommen. Er wollte in
die Natur, um im stillen Gebet Gott nahe zu
sein. Während er sich einen geeigneten Platz
für sein Gebet suchte, hörte er das
Galoppieren eines Pferdes. Er ging in die
Richtung des Geräusches und sah wie Miguel
das Dorf verließ. Miguel war der Einzige,
dessen Seele John nicht erreichen konnte. Er
spürte dass Miguel ihn nicht mochte und
Miguel war John auch nicht gerade
sympathisch. Doch versuchte er den
Gedanken zu verdrängen und ihm das Gute
zu sehen. Natürlich verstand er dass Miguel
Angst um seinen Sohn hatte. Selbst mit dem
Abkommen mit Ramon konnte er Miguel
nicht zufrieden stellen. Pater Gabriel fragte
sich immer wieder, warum das so ist.
Wahrscheinlich mochte ihn Miguel einfach
nicht. Egal was John auch tun würde, es
würde nichts daran ändern. John nahm

unter einem Baum Platz und schloss Miguel und seinen Sohn Alejandro ebenfalls in sein Gebet mit ein.

Doch wohin ritt Miguel um diese Zeit? John hatte keine Ahnung. Und das war auch gut so, denn Miguels Ziel war das Quartier von Ramon. Als er dort ankam, schaute Ramon ihn an und sagte: „Na da sieh mal her. Miguel, alter Freund. Was machst du denn hier?"

Miguel: „Ich muss mit dir sprechen."

Ramon: „Willst du dich uns wieder anschließen?"

Miguel war vor langer Zeit einmal in Ramons Bande. Aber als er Vater wurde und seine Frau bei der Geburt starb trat er aus der Gruppe aus, um seinen Sohn groß zu ziehen. Das wussten die Dorfbewohner allerdings nicht. Daher hatten sie ein ganz anderes Bild von Miguel. Er war nicht der ängstliche Kerl, der sich vor jeder Auseinandersetzung drücken würde. Er wusste nur, wozu Ramon und seine Männer im Stande waren. Deshalb wollte er keine Auseinandersetzung mit ihm.

Miguel: „Nein Ramon, du weißt doch, dass ich eine Verantwortung habe."

Ramon: „Du meinst gegenüber deinem Sohn? Wir würden ihn zu einem richtigen Mann machen."

Miguel: „Willst du nun wissen warum ich gekommen bin oder nicht?"

Ramon: „Na rück schon raus damit."

Miguel: „Hab gehört du suchst Tico?"

Ramon fragte: „Was weißt du davon?"

Miguel: „Ich erzähle es dir, weil wir alte Freunde sind. Doch nur, wenn du mir vorher etwas versprichst."

Ramon: „Wenn du mir nicht sagst was passiert ist verspreche ich dir und deinem Sohn einen qualvollen Tod."

Miguel: „Ich bin auf deiner Seite, deshalb bin ich auch jetzt hier. Ich will nur, dass meinem Sohn nichts passiert."

Ramon: „Von mir aus. Aber jetzt raus mit der Sprache: Wo ist Tico?"

Miguel: „Folge mir."

Danach ritten Miguel und Ramon und ein paar seiner Männer zu der Schlucht an die Stelle, wo Carlos Pater Gabriel das Leben rettete und Tico und die zwei anderen Banditen tötete.

Ramon: „Was ist hier? Wo ist Tico?"

Miguel ging hinter dem kleinen Hügel vor dem Eingang der Schlucht. Dort fand er die drei Kreuze.

Miguel: „Komm hier her Ramon, hier sind sie."

Als Ramon die Kreuze sah stieg in ihm eine enorme Wut auf. Drei Männer waren verschwunden. Drei loyale Männer. Und hier standen drei Kreuze.

Ramon: „Bist du sicher dass Tico hier auch begraben liegt?"

Miguel: „Ich bin mir nicht nur sicher - ich weiß es."

Ramon: „Woher weißt du es? Warst du dabei?"

Miguel: „Nein, aber ich habe wurde Ohrenzeuge, als Pater Gabriel Maria davon erzählte."

Es war also Miguel, den Maria am Abend zuvor hörte. Er war Maria gefolgt, als er sie zu John gehen sah. Miguel mochte den Pater nicht und dachte sich, dass Maria diesen aus einem anderen Grund zur abendlichen Stunde aufsuchte. Mit dem Gedanken hatte er ja gar nicht so unrecht. Miguel folgte Maria um etwas zu finden, das er gegen John verwenden konnte. Und das hatte er dann auch. Denn Miguel war auf den Padre eifersüchtig. Der Grund dafür war Maria.

Ramon: „Hat das der Padre getan?"

Miguel: „Nein. Ich konnte nicht alles genau hören, da ich an der Tür lauschte. Aber ich weiß, dass Carlos alle drei erschossen hat. Der Padre hat es nur vertuscht, um das Dorf und Carlos zu retten."

Ramon antwortete nicht mehr und ritt mit seinen Männern so schnell es die Pferde schafften ins Dorf. Miguel folgte ihnen. Als sie im Dorf ankamen schossen sie wie wild herum. Es brach sofort ein Chaos aus. Maria rannte zu ihrem Sohn und brachte ihn ins Haus. Die Bande schoss wie wild um sich. John hörte die Schüsse. Er lief sofort in Richtung des Dorfes. Als Ruhe einkehrte schrie Ramon laut: „Carlos! Carlos, Carlos!" Carlos war natürlich auch im Dorf. Er hatte sich hinter einer Scheune versteckt. Aber als er Ramon seinen Namen rufen hörte wusste er, was mit ihm passieren würde. Also verließ er sein Versteck und ging mit erhobenen Händen auf Ramon zu. Als Ramon ihn sah schoss er sofort ohne Warnung auf ihn. Er traf ihn am Oberschenkel. Danach fesselten sie ihn und hängten ihn an den Mast der Warnglocke. Carlos lebte noch. Sie hängten ihn nämlich nicht am Hals auf, das wäre in Ramons Augen zu wenig Strafe gewesen. Statt dessen sollte er in der prallen Hitze ausbluten und einen qualvollen Tod sterben. Ramons Rachedurst war aber noch nicht gestillt. Grundlos schoss er noch einen

Dorfbewohner nieder. Dann sah er Maria. Sie stand mit Tränen in den Augen vor der Tür ihres Hauses. Ramon war schon immer in sie verliebt. Das Ergebnis daraus war der kleine Jose. Doch nachdem Ramon sie damals vergewaltigt hatte rührte er sie nie wieder an. Aber nicht weil er es nicht wollte, sondern weil er sie liebte und wusste, dass sie seine Liebe nicht erwiderte. Ramon bereute sogar seine Tat. Doch in diesem Moment, als er Maria so stehen sah war er nicht mehr Herr seiner selbst. Der Schmerz über den Tod seines kleinen Bruders entfachte in ihm eine unbändige Wut. Er ging auf sie zu, zerrte sie ins Haus und drückte sie auf den Esstisch. Maria schrie laut: „Jose, lauf schnell davon." Der kleine ängstliche Junge lief sofort aus dem Haus. Alejandro, Miguels Sohn sah Jose und wollte ihm folgen. Doch ein Bandenmitglied sah die zwei Knaben aus dem Dorf rennen und schoss auf sie. Währenddessen ließ Ramon seinen Emotionen freien Lauf und nahm sich mit Gewalt das, was er wollte. Maria weinte nur. Sie gab es auf sich zu wehren. Sie hoffte nur dass sich Jose in Sicherheit befindet. Als Ramon fertig war und von Maria abließ, sah er einen kleinen Jungen vor dem Haus am Boden liegen. Er ging auf ihn zu. Neben dem

Jungen kniete ein weinender Mann. Es war Miguel, der um seinen erschossenen Sohn Alejandro weinte. Mit Tränen in den Augen sah er zu Ramon auf, doch dieser sagte kein Wort. Er drehte sich um, stieg auf sein Pferd und schrie: „Dass ihr mir Carlos ja hängen lässt. Morgen kommen wir wieder." Danach postierte er noch zwei seiner Männer als Wachen neben den in der prallen Hitze hängenden Carlos und verschwand. Da traf Pater Gabriel ein. Er war entsetzt. Er sah nur Menschen mit hoffnungslosen Gesichtern, einige weinten um ihre toten Angehörigen. Mit Tränen in den Augen taumelte Pater Gabriel durchs Dorf. Er wollte eine Frau zu trösten, die gerade ihren Ehemann verloren hatte. Sie sah in nur an und schrie: „Da sehen sie, was sie für uns getan haben! Haben sie wirklich geglaubt, dass sie mit Ramon eine gute Abmachung getroffen haben? Wie dumm muss man denn sein, um so etwas zu glauben?" John war sprachlos. Er konnte keine Antwort finden. Er fragte sich was genau und warum das alles geschehen ist. Er konnte ja nicht wissen, dass Miguel ihn und Maria belauscht hatte und es sofort Ramon weitererzählt hat. John war der festen Überzeugung, dass er sich in Ramon tatsächlich geirrt hatte. Er wusste, dass er dieser Frau nicht helfen konnte. Sie würde von ihm auch mit Sicherheit nicht getröstet werden wollen. Und während er sich von ihr entfernte musste er an Maria denken. Sofort lief er zu ihrem Haus. Die Tür stand weit offen. Als er das Haus betrat sah er sie am Boden knien. Sie hielt ihr zerrissenes Kleid fest und weinte. John wusste sofort was passiert war. Er kniete sich neben sie und nahm sie in den Arm.

John: „Wo ist Jose?"

Maria: „Ich hoffe dass er in dem Versteck ist, in dem er mit Luis immer spielt."

John: „Draußen habe ich ihn nicht gesehen. Ich werde ihn suchen."

Maria: „Ich komme mit."

John: „Nein. Du bleibst hier. Ich gebe dir sofort Bescheid wenn ich herausfinde wo Jose ist."

Danach verließ John das Haus. Da sah er, dass Carlos an der Warnglocke hing. Sofort ging er auf ihn zu, um ihn loszumachen. Aber er wurde von den zwei Wachen, die Ramon postiert hatte, aufgehalten.

Ricardo: „Halt Padre! Sie haben hier nichts verloren."

John: „Es ist meine Pflicht ihn zu befreien."

Ricardo: „Dann werden sie sterben."

John: „Sie können Carlos doch nicht solchen Qualen aussetzen."

Ricardo: „Wir können alles. Und mit ihnen wird Ramon auch noch abrechnen."

John wusste, dass er Carlos nicht helfen konnte. Er wollte auch keinen Ärger, weil er Jose suchen musste. Carlos schaute ihm mit blutverschmierten Gesicht tief in die Augen. John erwiderte diesen Blick mit einem Ausdruck der Verzweiflung. Er wusste nicht mehr weiter. Er hatte versagt und konnte offenbar niemanden mehr helfen. Doch er musste Jose finden. Deshalb eilte er sofort zu dem Versteck, dass Maria zuvor erwähnt hatte. Doch der Knabe war nicht dort. John suchte weiter, aber er konnte ihn nirgends finden. Mit hängendem Kopf suchte er den einzigen Ort auf, von dem er sich noch Hilfe erhoffen konnte: die Kapelle. Er kniete sich vor dem Altar nieder und blickte mit zitternden Augen auf das Kreuz, auf das die Figur des Heiland geschlagen war und betete. Immer wieder flüsterte er die selben Worte: „Bitte hilf mir, bitte hilf uns. Mach, dass Jose wieder zurück kommt, dass ihm nichts passiert ist. Bitte. Schick mir ein Zeichen. Was soll ich tun? Schick mir ein Zeichen. Ich weiß nicht was ich tun soll."

Plötzlich musste John an die Worte denken,

die der Fremde Oztoatl zu ihm in der Bar gesagt hatte: Er sei auch ein Gegner der Gewalt, aber manchmal geht es nicht anders. Manchmal muss man zu den Waffen greifen. Während der Pater verzweifelt betete ging die Tür der Kapelle auf. John drehte sich um und schaute mit einem erstaunten Blick auf die Person, die sich ihm langsam näherte. Es war der kleine Jose. Normalerweise wäre John hocherfreut auf ihn zu gelaufen und hätte ihn umarmt. Doch Jose hielt etwas in den Händen. Etwas, mit dem John nicht gerechnet hatte. Es war etwas, das John sehr vertraut war. Der Pater erhob sich. Wie konnte der Kleine das finden? War das ein Zeichen des Herrn? Offensichtlich war Jose zu dem Ort gelaufen, an dem er damals zusammen mit Luis beobachtete, wie John die Holzkiste vergrub. John drehte sich kurz um und sah zum Kreuz. Dann wieder zu Jose, der ihm einen Revolvergurt entgegen hielt. In dem Gurt steckte ein silberner Revolver mit Elfenbeingriff. Als er Jose in die Augen sah, erkannte er einen bittenden Blick. Die Augen des Jungen schrien förmlich um Hilfe. John sah ihn mit einem entschlossenen Gesichtsausdruck an. Er fasste sich an den Hals und riss den weißen Priesterkragen herunter. Danach ergriff er den Gurt, schnallte ihn um und kontrollierte seine Waffe. Sie war geladen. Als er die Kapelle verlassen wollte sahen er und der kleine Junge sich noch einmal in die Augen. Jose machte seine Hand auf und zeigte John, was er außer dem Revolvergurt noch aus der Kiste entwendet hatte. Er hielt einen silbernen Stern in der Hand auf dem „Texas Ranger" eingraviert war. Doch John nahm in nicht an. Er nahm Joses Hand und schloss sie mit den Fingern des Jungen. Dies tat er als Zeichen dafür, dass der Junge den Stern behalten durfte. Danach streichelte er den Kleinen noch einmal über den Kopf und verließ die Kapelle.

Als er die Kapelle verließ starrten ihn die Dorfbewohner nur an. John reagierte allerdings nicht darauf. Er hatte nur ein Ziel. Die Warnglocke. Er musste Carlos retten. Deshalb ging er, ohne zur Seite zu sehen, auf direktem Weg zur Warnglocke, an der sein Freund Carlos hängte. Die beiden Banditen erblickten ihn von der Ferne, doch konnten sie ihn noch nicht erkennen. Sie wurden etwas von der Sonne geblendet. Sie sahen nur einen Mann, ganz in schwarz, ohne Hut und ohne weißem Kragen mit einem Revolver an der Hüfte auf sie zugehen. Doch bevor sie zu ihren Waffen griffen, konnten sie ihn doch noch erkennen. Die beiden lachten laut.

Ricardo: „Sieh doch, der Priester. Haha. Was haben sie den vor Padre?"

John: „Ihr schneidet jetzt auf der Stelle Carlos los oder ich mache es."

Wieder brach ein Gelächter bei den beiden Banditen aus.

Ricardo: „Und sie glauben dass sie uns Befehle geben können?"

John: „Ihr versteht nicht. Wenn ihr Option zwei wählt und ich ihn los schneiden soll, dann seid ihr bereits tot."

Da erkannten die Banditen den Ernst der Lage. Der zweite Kerl, der mit Ricardo dort stand sagte: „Ricardo, das ist ein Priester, der blafft doch nur." Doch Ricardo sah in Johns todernstes Gesicht und antwortete: „Nein, der blafft nicht."

John: „Wie lautet eure Entscheidung?"

Ricardo: „Du hast keinen Kragen. Also bist du kein Priester. Wahrscheinlich warst du nie einer. Dann dürfen wir dich auch abknallen."

John: „Also Option zwei."

Die beiden Banditen griffen nach ihren Waffen, doch noch bevor sie den Hahn spannen konnten fielen zwei Schüsse. Sie schauten auf ihre Körper, aus denen immer mehr Blut quoll und dann wieder zu John. Der steckte gerade seinen Revolver wieder in den Halfter. Sie fielen auf die Knie und starrten weiterhin auf John, der sie nicht mehr beachtete und nur an ihnen vorbei ging. Er sah auch nicht zu wie sie tot zu Boden fielen. John holte Carlos von der Glocke und gab ihm etwas zu trinken. Die Leute versammelten sich um die beiden. Was war da gerade passiert? John rettete Carlos, doch er hatte zwei Banditen von Ramon erschossen. Eine Frau schrie: „Jetzt werden sie kommen und uns alle töten." Aber gerade Miguel war es, der darauf sagte: „Lasst ihn in Ruhe. Er hat einen von uns gerettet." Miguel, der John und Carlos verraten hatte, um das Dorf und vor allem seinen Sohn zu schützen, aber dann eines besseren belehrt wurde, trat nun für John ein. Aber die Leute waren geschockt und hatten Angst. Daher sagte ein anderer Bewohner: „Aber Ramon hat gesagt, dass er morgen wieder kommt. Wenn er das hier sieht sind wir des Todes." Miguel antwortete: „Dann müssen wir eben kämpfen." Der Schmerz über den Verlust seines Sohnes sprach aus ihm. „Wie sollen wir diese Bande besiegen?" fragte die Menge. John versuchte alle zu beruhigen. Er sagte: „Versammeln wir uns alle in der Kirche."

Die Wahrheit wird dich befreien

Als sich alle in der Kapelle versammelt hatten stellte sich John vor dem Altar, um zu den Bewohnern zu sprechen. Doch diesmal war es keine Predigt. Die Bewohner sahen keinen Priester sondern einen ganz anderen Menschen. John hatte bei dem ganzen Trubel auf Maria vergessen. Genau in dem Moment, als er zu sprechen beginnen wollte, betrat sie die Kirche. Auch sie war ganz verwundert. Sie hatte das Gefühl, John nicht mehr wieder zu kennen. Sie sah ihn mit einem traurigen und verzweifelten Blick tief in die Augen. John erwiderte den Blick mit ernster und entschlossener Miene. Er hatte nun eine neue Mission zu erfüllen. Gefühle hatten hier keinen Platz. Deshalb wandte er den Blick von ihr ab und begann zu sprechen.

John: „Wer ist bereit zu kämpfen?"

Miguel: „Ich!"

Keiner außer ihm antwortete. Auch die Hände blieben unten. Sie standen wie versteinert da und starrten den ehemaligen Priester nur an. John formulierte seine Frage anders: „Wer will überleben?"

Nun hoben einige zögerlich die Hände.

John: „Also, wenn ihr überleben wollt, dann müssen wir kämpfen."

Da betrat Carlos die Kapelle. Er humpelte und sein Gesicht war ziemlich angeschwollen. Die Dorfbewohner drehten sich um und betrachteten den Mann, den Ramon gefoltert hatte. Und dieser sagte laut: „Ich bin bereit. Entweder für den Tod oder dazu, zu töten."

Miguel: „Dann sind wir schon zwei."

John: „Drei. Wer ist noch dazu bereit? Und lasst mich euch sagen: wer nicht dazu bereit ist, für den wird es das Beste sein, sich so weit wie möglich vom Dorf zu entfernen."

Ein ängstlicher Dorfbewohner fragte: „Wie sollen wir Ramon und seine Männer schlagen? Sie sind uns zahlenmäßig überlegen und haben auch die besseren Waffen."

John: „Sie mögen zwar die moderneren Waffen haben doch wir sind mehr Leute als sie."

Miguel: „Das stimmt nicht, sie haben definitiv mehr Männer als wir."

John: „Männer schon. Aber mit den Frauen sind wir zahlenmäßig sogar überlegen."

Miguel: „Aber unsere Frauen können doch nicht kämpfen."

John: „Vielleicht hast du recht. Aber man kann ihnen das Schießen lernen. Und das Nachladen. Wir brauchen jeden Menschen, egal welches Geschlecht. Also wer ist jetzt bereit zu kämpfen?"

Auf einmal zeigten alle Frauen auf und nur sehr wenige Männer. Die meisten Männer waren über den Mut ihrer Frauen erstaunt. Als John zum dritten Mal fragte, wer bereit zu kämpfen sei, zeigten schließlich alle Bewohner des Dorfes auf.

John: „Nun gut. Ich habe mir Ramons Bande angesehen. Wir sind jetzt also mehr Leute. Außerdem können wir den Überraschungseffekt nutzen. So wie ich die Kerle einschätze floss in der letzten Nacht mit Sicherheit eine Menge Wein. Nun möchte ich wissen, wer von euch eine Waffe hat."

Fast alle Männer zeigten auf. Die meisten hatten allerdings nur ganz alte Waffen. Ein paar Männer hatten Repetiergewehre. Sie waren eben keine Soldaten. John hatte schon einen Plan. Er ging mit den Bewohnern durchs Dorf und erklärte ihnen seinen Plan: „Wenn Ramon hier durch diese Straße ins Dorf kommt, wird er niemanden auf der Straße vorfinden. Die Banditen rechnen mit Sicherheit nicht damit, dass auf sie geschossen werden könnte. Die Frauen werden, da sie bis morgen natürlich noch nicht so gut schießen können, von diesen Häusern herab feuern. Damit schießen sie in den Rücken der Banditen."

Es waren typische mexikanische Häuser mit flachen Dächern. John wollte die Frauen dort positionieren, weil man kein seitlich bewegliches Ziel treffen musste. Es sollte vorwiegend von den Dächern gefeuert werden, sodass der Hauptplatz zum Hexenkessel für Ramon und seine Bande werden würde. Doch mussten auch einige Männer am Boden Stellung beziehen, da man die flüchtenden Reiter natürlich nicht entwischen lassen wollte. John hatte vor, die ganze Angelegenheit mit einem Schlag zu beenden. Die Männer am Boden mussten deshalb gute Schützen sein. Neben ihm selbst waren es Carlos, Miguel und acht weitere Männer. Die Waffen im Dorf reichten allerdings nicht für alle Männer und Frauen. Deshalb sollten einige

Mexikanerinnen das Nachladen für die anderen, die auf den Dächern dann Stellung beziehen sollten, übernehmen. Die Männer, die am Boden postiert werden, bekämen Repetiergewehre. Miguel hatte sogar noch zwei Revolver aus seiner Bandenzeit bei Ramon, von denen er einen Carlos für die Schlacht gab.

Nachdem die Taktik klar war ordnete John an, den Frauen die eine Waffe bekommen würden, das Schießen beizubringen. Als er sich umdrehte um in die Kirche zu gehen sagte eine Dorfbewohnerin: „Sie sind doch ein Padre, oder waren es. Warum wollen sie auf einmal, dass wir kämpfen?" John drehte sich um. Alle warteten gespannt auf seine Antwort, denn jeder der Bewohner stellte sich die selbe Frage. John antwortete: „Es ist besser, für den Frieden zu kämpfen als für andere Dinge." Danach ging er in die Kapelle. Er wollte Gott um Verzeihung bitten. Für das, was er getan hat und was er noch tun werde. Und vor allem für den Eidbruch, den er beging. Denn er hatte geschworen, dass er nie wieder eine Waffe in die Hand nehmen wollte. Als er die Kapelle wieder verließ wartete Maria schon auf ihn. Maria: „Wer bist du?"

John: „Ich bin noch immer der Gleiche. Aber nun muss ich mit den Mitteln, an die ich früher geglaubt habe und die ich nun sehr verabscheue, den Menschen helfen, die mir ans Herz gewachsen sind. Und vor allem dir Maria."

Maria: „Du wirst ihn töten?"

John: „Ich oder jemand anderer. Es gibt nur einen Ausweg."

Maria: „Wie kann ich Jose schützen?"

John: „Jose wird nichts passieren. Und er soll auch die Wahrheit nie erfahren. Ich werde jetzt beim Ausbilden der Frauen helfen. Danach komme ich zu dir und dann kannst du mich alles fragen was du willst."

Und so geschah es. Solange es hell war übte er mit den Frauen das Schießen. Danach wurde mit allen Bewohnern die Taktik noch einmal besprochen. Bevor er Maria aufsuchte ritt noch er in die Stadt, um eine riesige Menge Munition zu kaufen. Als es dunkel wurde ging er zu Marias Haus. Maria wartete bereits an der Tür.

Maria: „Bleiben wir hier. Jose schläft und ich will nicht dass er etwas mitbekommt."

Und so setzten sie sich auf die Veranda und beobachteten gemeinsam die Sterne während sie über alles sprachen.

Maria: „Bist du ein echter Priester?"

John: „Ja."

Maria: „Und was warst du vorher? Ein Gesetzloser?"

John: „Nein. Ein Gesetzeshüter."

Maria: „Ein Sheriff?"

John: „Texas Ranger."

Maria: „Ein Texas Ranger? Das gibt es nicht!"

John: „Du wolltest die Wahrheit wissen."

Maria: „Und wie wird ein Texas Ranger zu einem Priester?"

John: „Vielleicht, weil er in Wirklichkeit nie ein Texas Ranger gewesen ist."

Maria: „Was ist passiert?"

John: „Wir waren hinter einer Gruppe ganz schlimmer Kerle her. Die übelste Sorte. Dagegen sind Ramon und seine Männer Zwerge. Wir verloren viele gute Ranger. Einige waren enge Freunde von mir. Doch wir waren gut ausgebildet und konnten sie an einem See einkesseln. Es gab eine wilde Schießerei, aber daran waren wir gewöhnt. Wir kämpften nämlich auch alle im Bürgerkrieg. Wir erledigten fast alle Banditen, nur der Anführer und ein weiterer konnten fliehen."

Maria: „Und habt ihr ihn später erwischt?"

John: „Ich hab ihn mir geschnappt. Aber leider zu spät."

Maria: „Wie meinst du das?"

John: „Maria, ich war schon einmal verheiratet. Ich bin es immer noch. Und ich hatte einen Sohn. Er war im selben Alter wie Jose. Der Anführer wollte sich an mir rächen. Er suchte in meiner Abwesenheit meine Ranch auf, tötete meinen Schwiegervater und verwundete seinen Bruder. Danach kümmerte er sich um meine Frau. Ob er meinen Sohn zuvor oder danach getötet hat kann ich nicht sagen. Und dann holte ich sie mir."

Maria: „Wie konntest du ihn finden?"

John: „Jim, den Bruder meines Schwiegervaters hatte er nur verwundet. Der Bandit dachte er tot sei. Als die Verbrecher auf ihre Pferde stiegen hörte Jim, wie ein Mann zu dem Anführer sagte, dass sie die Tat begießen müssten und den nächstgelegenen Saloon aufsuchen werden. Jim flüsterte es mir noch zu bevor er seinen Wunden erlag. Jack, mein Freund und Waffenbruder, der mir das Leben im Krieg gerettet hatte, stand mir immer Treu zur Seite. Er wusste was ich nun tun würde und hielt mich nicht davor ab. Wir beide stiegen auf unsere Pferde und machten uns auf den Weg. Als ich den Saloon betrat konnte ich sie allerdings nicht finden. Der Barmann verriet mir aber, dass sich zwei Fremde mit Huren in ein Zimmer zurückgezogen hatten. Also ging ich die Treppe hoch und kaufte mir die beiden. Den einen erschoss ich sofort. Was ich mit dem Anführer machte, möchte ich nicht sagen. Dafür werde ich mich bis in alle Ewigkeit schämen."

Maria: „Dann tratst du bei den Texas Rangers aus?"

John: „Zuerst nicht. Ich suchte Trost im Whiskey. Und eines Tages, als ich betrunken genug war um mir endlich eine Kugel durch den Kopf zu jagen, rettete mich ein Priester. Pater Mendoza. Er war gebürtiger Mexikaner. Ich schwor nie wieder eine Waffe anzugreifen. Und nun stehe ich wieder am Anfang."

Die Stille

Der Morgen brach herein. Während sich der Himmel rot verfärbte hörte man den Hahn krähen. Alle Männer und Frauen waren bereits auf ihren Posten. Doch sie schauten nicht in die Richtung, aus der Ramon mit seiner Verbrecherbande immer geritten kam. Sondern auf die Kapelle, dessen Tür sich gerade öffnete. John kam heraus. Er bat zuvor noch den Herrn um seine Hilfe in der Schlacht. Und dass er die Bewohner beschützen solle. John kam als frommer Priester ins Dorf. Als Gegner jeglicher Gewalt. Keiner hätte sich jemals gedacht, dass Pater John Gabriel jemanden etwas zu Leide tun könne. Doch nun hatte er zwei Männer erschossen und stand vor der Kapelle mit einem Revolver an der Hüfte. Seine Körperhaltung hatte sich verändert. Er strahlte eine enorme Durchsetzungskraft aus. Ganz anders als zuvor als frommer Pater Gabriel. Auch wenn er als Priester einige Dinge durchsetzen wollte, strahle er aber nie so ein Selbstbewusstsein aus wie in diesem Moment. Wahrscheinlich hatte er nicht das Naturell eines Priesters. Man kommt auf die Welt und ist der, der man ist. Und John ist als Gesetzeshüter geboren worden. Das soll nicht heißen dass er nicht für die Religion einsteht, sondern nur auf welche Art er sie am Besten beschützen und durchsetzen konnte. Und er konnte es am Besten durch Handlungen und nicht mit verbaler Überzeugung. Wahrscheinlich muss es beide

Arten von Menschen geben. Die einen, die das Wort Gottes verbreiten und die anderen, die es mit außerordentlichen Mitteln umsetzen, wenn es keine andere Wahl mehr gibt. Und John Gabriel war einer der Männer, die das Böse mit allen Mitteln bekämpfte, die ihm zur Verfügung standen.

John besuchte noch alle Posten, um den Männern und Frauen Mut zuzusprechen. Danach bezog er in einem Haus am Fenster seine Stellung. Neben ihm stand Carlos beim anderen Fenster. Gegenüber Miguel und Carlos. Und da warteten sie. Auf Ramon und seine Männer, die sich am Tag zuvor schon angekündigt hatten. Die nie im Traum daran gedacht hatten, dass die Bewohner des kleinen mexikanischen Dorfes jemals so einen Mut aufbringen könnten, um gegen ihn und seine Banditen anzutreten. Aber sie konnten ja auch nicht wissen das John ein ehemaliger Texas Ranger war, der es gut verstand, den Menschen Mut einzuflößen.

Die Sonne brannte heiß und unerbittlich. Schweißperlen sammelten sich auf den Körpern der Bewohnern. John kannte solche Situationen. Unzählige Male hatte er so etwas bereits erlebt. Sei es im Bürgerkrieg oder später als Texas Ranger gewesen. Er verspürte keine Nervosität. Ganz im

Gegenteil. Die Umstände waren Routine. Er wusste was auf ihn zukommen würde. Aber alle anderen Bewohner, mit Ausnahme von Miguel, der ja eine Vergangenheit als Bandit hatte, wurden immer nervöser. Die Stille entspannte die Situation auch nicht gerade. Sie wussten, was passieren würde und was passieren könnte. Und dann passierte es. Die Bande ritt auf das Dorf zu. Johns Plan sah vor, den Überraschungseffekt zu nutzen. Das heißt keine Verhandlungen und auch kein Pardon. Ihm war klar, dass er mit Ramon keinen Vertrag mehr aushandeln konnte. Es gab nur einen Weg zum Frieden: die totale Vernichtung des Bösen.

Als Ramon sah, dass Carlos nicht mehr an der Warnglocke hing, hob er die Hand um zu signalisieren, dass seine Mannschaft langsamer reiten solle. Sie bemerkten die Stille und Leblosigkeit im Dorf. Es war so, als wären alle davon gelaufen. Ramon schrie „Das gibt es doch nicht! Sind diese Ratten wirklich geflohen?" Sein Bruder Rodrigo erwiderte: „Weit können sie noch nicht sein. Wir müssen uns aufteilen und die Gegend absuchen." Sie galoppierten weiterhin langsam durch das anscheinend verlassene Dorf. John, der am Ende des Dorfes Stellung bezog, sollte den ersten Schuss abgeben, sodass die Falle zuschnappen konnte. Und er wollte als ersten Ramon mit diesem Startschuss erledigen, denn wenn man der Schlange den Kopf abschlägt, wäre die Wahrscheinlichkeit groß, dass die anderen Banditen ihre Kampfeslust verlieren. Allerdings stand ihm nur sein Revolver für das bevorstehende Gefecht zur Verfügung, weil man ohnehin zu wenig Waffen in der Stadt hatte und die Gewähre auf die Bewohner aufgeteilt wurden. Aufgrund des längeren Laufes konnte man damit leichter schießen. John war mit dem Revolver sehr geübt, doch aus der Ferne war ein gezielter Schuss natürlich sehr schwierig. Und er musste aus großer Entfernung schießen, damit die Falle richtig zuschnappen konnte. Ramon ritt also voran und John begann zu zielen. Er atmete einmal tief aus und wieder ein. Dann hielt er die Luft an. Sein Finger drückte schon leicht den Hebel des Abzugs. Es fehlten wahrscheinlich nur mehr zwei Millimeter damit sich der Schuss löste. John tat dies immer bei einem schwierigen Schuss, da sich die Waffe so am wenigsten bewegte und bei einem Revolver mit kurzem Lauf konnte ein kleiner Ruck auf weiter Distanz die Kugel weit weg vom Ziel bringen. Er dachte sich: „Wenn die Kugel das Ziel verfehlen sollte würde sie wenigstens einen anderen Banditen treffen". Dann zog er noch die restlichen zwei Millimeter des Abzuges durch und der Schuss löste sich. Schlagartig begannen alle Bewohner zu Schießen und die sandige Straße, die durchs Dorf führte, verwandelte sich in einen Hexenkessel. John bemerkte den Sombrero von Ramon, der zur Seite flog, doch wegen dem Chaos, dass er mit seinem Schuss auslöste, konnte er nicht erkennen, ob er Ramon erwischt hatte. Die Dorfbewohner bekamen immer mehr Selbstbewusstsein. Einige der Banditen versuchten zu flüchten. Sie wurden aber von den Dorfbewohnern verfolgt. Das Gefecht verlagerte sich außerhalb des Dorfes. John und Carlos verfolgten ein paar Banditen und schossen auf sie. Doch dann wurden sie selbst von den Banditen ins Kreuzfeuer genommen. Als sie zu einem Baum liefen um Deckung zu finden, wurde Carlos erneut am Oberschenkel getroffen. John zog ihn hinter den Baum während er das Feuer erwiderte und einen der Kerle erledigen konnte. Hinter dem Baum atmeten sie einmal durch. Dann sahen sie, dass die zuvor geflohenen Banditen umkehrten, um sie zu erschießen. Carlos sah zu John und sagte: „Die ganze

Sache ist meine Schuld." Aber als Carlos auf die Männer zulaufen wollte hielt ihn John auf. John: „Nein mein Freund, heute stirbt keiner mehr von uns." Danach feuerten sie auf die Kerle. Aber sie befanden sich in der Zwickmühle, denn da waren noch zwei Banditen, die vom Dorf flüchteten und deren Kugeln den Baum, hinter dem John und Carlos Deckung bezogen, trafen. Carlos wurde erneut getroffen, diesmal an der Schulter. John konnte die Kerle erledigen. Als sich die anderen Banditen den Baum näherten musste John nachladen. Die zwei Banditen näherten sich mit gezückten Waffen und umzingelten den Baum. Doch dann fiel ein Schuss und einer der beiden Banditen fiel zu Boden. Der andere Gauner drehte sich um, er wurde aber in diesem Moment von zwei Kugeln umgelegt. John schaute vorsichtig hinter dem mächtigen Baumstamm hervor, während er den Hahn der bereits wieder geladenen Waffe spannte. Und da stand Miguel mit lachendem Gesicht und sagte: „Ich dachte dass ihr Hilfe gebrauchen könntet." Danach kamen John und Carlos hinter dem Baum hervor. In dem Moment ertönte wieder ein Schuss. Er traf Miguel im Rücken und er fiel auf die Knie. John und Carlos eröffneten das Feuer auf den feigen Mörder und ihre Kugeln durchsiebten seinen Körper. John rannte zu Miguel und nahm ihn in die Arme. Miguel sah in Johns Gesicht und sagte: „Ich habe alles Ramon erzählt. Ich bin an allem schuld. Es tut mir so leid." John antwortete: „Ich vergebe dir, Miguel." Dann starb er in Johns Armen. Der einstige Pater schloss Miguels Augenlider und sagte: „Geh zu deinem geliebten Sohn, mein Freund." Dann hob er Miguel auf und trug ihn zurück in das Dorf. Da sah er dass sich Rodrigo, Ramons Bruder, sich mit dem verletzten Ramon aus den Staub machen wollte. John musste sofort handeln und legte Miguel in die Arme von Carlos. Er sagte zu ihm: „Ich habe noch etwas zu erledigen." Carlos wusste natürlich um was es ging. John schlich hinter den beiden Brüdern her. Er wollte sie überraschen und dadurch eine unnötige Schießerei vermeiden. In diesem Moment lief ihm Jose entgegen. Der Kleine hatte sich mit den anderen Kindern hinter einem Felsen versteckt. Aber Jose bemerkte nicht, dass sich zwischen ihm und John die zwei Banditen befanden, weil er aufgrund seiner Größe nicht über die kleine Anhöhe sehen konnte. John verspürte eine Machtlosigkeit. Als Ramon ihn sah, versuchte er sofort nach seiner Waffe zu greifen um John zu erschießen. Rodrigo allerdings zielte bereits auf Jose. John musste innerhalb einer Sekunde entscheiden, auf wen er zuerst feuern sollte. Er schoss auf Rodrigo und traf ihn in den Hinterkopf noch bevor dieser den kleinen Jose ermorden konnte und rettete mit dieser Entscheidung Marias Sohn. Als John den Hahn spannte um Ramon zu erledigen fiel ein Schuss. John versuchte noch einmal auf Ramon zu schießen. Aber zuvor fiel noch ein Schuss. Ramon wurde von der Kugel zur Seite gerissen. Der Bandit drehte sich um und sah die Person, die ihn gerade an der Schulter verwundet hatte. Dann sagte er: „Was? Du?" Und Maria antwortete ihm: „Jetzt bezahlst du für deine Sünden." Danach erschoss sie Ramon kaltblütig. Der kleine Jose lief ihr weinend entgegen. Sie umarmte ihn und drückte ihn ganz fest. Dann drehte sie sich zu John um. Aber John stand nicht mehr auf dem kleinen Hügel. Sofort lief sie auf ihn zu . Und sah ihn am Boden liegen. Eine Hand hielt den Revolver, die andere lag auf seinem Bauch. Zwischen den Fingern trat immer mehr Blut heraus. Er sah sie an und sagte: „Ein Bauchschuss." Danach machte er eine Kopfbewegung um ihr zu signalisieren, dass es keine Chance mehr gäbe. Sie kniete sich mit Tränen in den Augen hin und legte seinen Kopf auf ihren Schoß. Während sie seine Wange streichelte fragte er: „Ist das Dorf in Sicherheit?"

Maria: „Ja John. Du hast uns gerettet."

John: „Und Jose?"

Maria: „Er steht hier neben mir."

John: „Gott sei Dank."

Maria: „Ich danke dir für alles, John."

Während John in die strahlende Sonne sah sagte er: „Ich glaube ich hatte recht. Man reitet durch die Sonne ins Paradies."

Marias Tränen tropften auf Johns Kinn. Sie sagte: „Reite John. Reite weiter in die Sonne zu deiner Familie."

Danach würgte John etwas Blut hoch, bevor seine Augen ihr Leuchten verloren. Maria schloss sie und küsste ihn auf die Stirn.

Am nächsten Tag strahlte die Sonne wieder. Das Gefecht war vorbei. Und so wie vor dem Gefecht trat die friedliche Stille wieder ein. Wenn das Schlimmste überstanden ist kehrt die Ruhe wieder ein. Nach jeder brutalen Schlacht wird es wieder Vögel geben, die zwitschern. Die Bewohner versammelten sich am Hauptplatz. Als Maria und ihr Sohn Jose das Haus verlassen wollten, blieben sie kurz auf der Veranda stehen. Maria hatte eine Rose in der Hand. Sie schaute auf ihren Sohn, der ihr den Texas Ranger Stern von John zeigte. Sie nickte, um ihn damit zu sagen, dass er ihn zu Johns Beerdigung mitnehmen dürfte, um ihn ins Grab zu legen. Danach humpelte ihnen Carlos entgegen. Er war schweißgebadet. Die Sonne war sehr heiß an diesem Tag und Carlos hatte mit seinen Wunden alle Mühe voranzukommen. Maria reichte ihm ein Tuch damit er sein Gesicht ein wenig abtrocknen konnte. Carlos sagte: „Danke Maria. Es ist sehr heiß." Maria antwortete ihm mit: „Der Himmel lacht. Denn ein wahrer Held betritt ihn heute." Carlos nickte nur. Danach hoben die Dorfbewohner Johns Sarg hoch und marschierten in die Richtung des Hügels, auf dem sich der Friedhof befand. Maria ging mit Jose und der Rose in ihren Händen voran. Und so erwiesen sie alle dem Retter des Dorfes ihre letzte Ehre, und trugen ihn der Sonne entgegen.

ENDE

Ebenfalls aus dieser Reihe:

Sonne über dem Horizont
Hans J. Gibiser
192 Seiten
Taschenbuch
ISBN:
9783754329924
„Eine Reise der Emotionen, verpackt in einem Heldenepos, das die Herzen höher schlagen lässt."

Österreich im Jahre 1861. Siegfried, ein herangewachsener Waisenjunge, findet Arbeit bei einem großem Gutshof. Der Sohn des Großgrundbesitzers soll eine arrangierte Ehe mit einer hübschen jungen Dame eingehen, deren Vater auf die Mitgift des Großgrundbesitzers angewiesen ist. Doch Siegfried und die junge Schönheit verlieben sich ineinander. Die Brutalität des zukünftigen Bräutigams und dessen Mutter führen zu Grausamkeiten, die Siegfried dazu zwingen, ein Held zu werden. Ein großes

Abenteuer beginnt, das unseren Helden durch einen Krieg weit weg über den Ozean führt, wo ihm die Einheimischen sogar einen eigenen Namen geben. Doch findet Siegfried das, wonach sein Herz verlangt: seine große Liebe und sein Kind, das er nie zu Gesicht bekam?

Sonne über dem Horizont ist ein Teil der Serie „Sonnenbände". Alle Teile der Serie sind trotz ihrer indirekten Verbundenheit eigenständige Geschichten.

Die „Sonnenbände" sind ein ganzes Universum voller Geschichten.